文芸社セレクション

星空のコンサート

ファニー

文芸社

外は雨が降っていた。小林すぐるは刑務所から出所したばかりだ。彼は七歳から路上生活をし、窃盗を繰り返しては十回以上は刑務所に入っている。両親は既に亡くなっている。

ふと、すぐるの目に一匹のトラ柄の仔猫が雨の中にいた。六月も終わろうとしていた。

「何だ。お前も俺と同じ一人ぼっちか」

すぐるは、仔猫を抱えあげて上着の中へ入れてやった。猫はスルスル入っていった。

しばらく歩いていると、突然すぐるの上着から仔猫が飛び出した。

「おい。待てってば。どこへ行くんだ」

仔猫を追いかけていくと、一本の電信柱の前に弦の切れたバイオリンが置いてあった。

仔猫はそのバイオリンの横に座り、すぐるを見て鳴いた。

「バイオリンか」

すぐるは、何気なくそれを手に取った時、一枚の紙がするりと落ちた。その紙を拾い、中の文章を読んでみた。

「このバイオリンに、命を下さい。K・M」

不思議に思いながらも、バイオリンを持って、仔猫と共にNPO法人の提供してくれたアパートへと帰った。

部屋に入って、小さな丸いテーブルにバイオリンと手紙を置いて、仔猫を撫でながらその二つを見た。

「K・Mって誰だ?」

すぐるはベッドに横になり、そのまま眠ってしまった。


翌朝、仔猫の鳴く声で目が覚めた。

「あぁ。お前のご飯、すっかり忘れていた。俺もお腹がすいたし、サバ缶を半分ずつ食べよう」

棚から皿を出し、半分を皿に入れ残りを缶に残し仔猫に出した。一人と一匹はそれを食べ、改めてバイオリンと手紙を見た。しかし、何もする気が無かった。すぐるは人とのやり取りを知らない。知人もいない。あえて知人といえる人がいるとしたら、十回以上もお世話になった刑務所の看守とNPO法人の職員である岩田くらいである。

父親は大企業で働いていたものの、すぐるが五歳の時に自殺し、母親は常にすぐるを自分の元に縛りつけ、家の外に出すことなく生活させていた。その母親は白血病となり症状はかなり進行して、そのまま亡くなった。すぐるが七歳を目前にしていた時だった。

その後、すぐるは父の実家で育てられたものの、その祖父母もこの世には居ない。

それからというものの、すぐるは何度も窃盗を繰り返し、自分を隠すようになった。

ふと、窓の外を見た。雨は上がったもののすっきりしない感じだった。電線には、二羽の雀がとまっていた。

「僕はこれからどうしよう。どうやって生きていこう」

すぐるは、仔猫に語りかけた。

「じいちゃんやばあちゃんになら、素の自分を見せられたのに。父さん母さんとは、どこか距離を置いていたんだ」

父親は仕事一筋で、すぐるへの関心はなく母親は気分屋でその時々で、言うことを変えて何かというとすぐるを嘘つきだと言ってきた。

「お前も、心細くなったことはあるのか？」

仔猫は鳴いた。まるで返事をしているかのように。

「大丈夫だ。俺はお前を一人にさせないからな」

仔猫といるからか、すぐるは少し気持ちが軽くなったようだった。

電線にいた雀が、どこかへ飛び去っていった。すぐるもそれを見て、仔猫と外へ出ていった。

外の風は冷たく、まるで一人と一匹に見向きもせず、知らん顔をしていた。

「とにかく何か食料を買わないと。あ！　携帯電話と財布、部屋に置いてきた」

すぐるは仔猫と部屋に戻った。

「お前のご飯になるもの、買ってくるから」

仔猫は鳴いた。

「お前を置いていく訳じゃないから」

すぐるは、いつの間にか猫を心配するようになっていた。

二十分くらい歩くと、小さなスーパーが一軒と、楽器店が一軒並んで立っていた。

すぐるは、最後に逮捕された時、所持金は二三〇円だった。そのため、出所時にNPO法人から三〇〇〇円の小遣いをもらい、法人の斡旋で仕事に就くという条件で生活していたのだ。

「色々と欲しいものはあるけれど、今は仕事に就いていない」

すぐるは、六枚入りの角食一袋六〇〇円と鯖缶三個一パックで二九〇円と、インスタントみそ汁六パック一七八円を買って、店を出た。

歩きながら、仔猫のことを考えていた。

「そういえば、名前をつけていないな」

考えながら歩いていると、すみれという言葉が頭に浮かんだ。

「でも、オスかメスか分からない」

すぐるはアパートに着き、部屋の扉を開けた。

「分かった、分かった。待っていな」

仔猫はすぐるの足に頭をこすり付けた。その猫を抱き上げてみると、メスだった。

「よし。今日からお前はすみれだ。よろしく、すみれ」

すみれは、すぐるの顔に頭をこすりつけてきた。

翌朝、改めて手紙を見た。

「K・Mって誰だろう？」

何度、読んでみても思い浮かぶ人はいなかった。

すぐるは、すみれと一緒にバイオリンを持って楽器店へ行こうと考えた。

雲のすき間から少し太陽が顔を出していた。しかし、何となくすっきりとしない天気だった。

「さて、出掛けよう」

薄手のコートを着て、玄関へ行った。その後ろをすみれが付いていった。

外の風は冷たく、思わず身を縮めてコートの襟を立てた。すみれは、足元にすり寄ってきた。

すぐるは、抱き上げた。

「お前は温かいな」

もう少しで楽器店が見えてくるという、その時、雨粒がコートに当たった。その次の瞬間に、大雨へと変わった。

すぐるたちは、店まで走っていった。

そこへ丁度、一人の男性が傘をさして店の前に立っていた。

「バイオリンの修理かい?」

クーロン松尾、この店の店主である。彼は祖父がアメリカ人だ。日本国籍だがアメリカでの生活が長く、日本語は下手だ。

「えっと……。はい。ですが、お金があまり無いので」

すぐるは、しどろもどろに答えた。

「店に入ると良い」

「え?」

「良いから入って」

すぐるは、遠慮がちに入った。

「猫が一緒です」

「大丈夫だ。一緒に入りなさい」

「はい。でも俺、お金をそんなに持ってないです」

「いいから、その椅子に座って」

「は、はい」

「修理するバイオリンは?」

「これです」

「OH! 弦が切れているな」

クーロンはバイオリンをまじまじと見ていた。

「Ｈｕｍ……」

　彼は何か呟いた。

　しばらくして言った。

「ストラディバリウスだ。君は分かるか？」

「スト……。何ですか？」

「ストラディバリウス。バイオリンの中でも最も有名なものだ」

「それなら、尚のこと俺のお金では修理できませんよ」

「ただで修理しよう」

「とんでもない」

「まあ、聞いてくれないか」

「え？」

「修理費用はいらない。その代わり、オーケストラの楽団員になって欲しい」

　すぐるは、ますます訳が分からなくなっていた。

「ＯＨ！　店を閉める時間だ」

「それなら俺、バイオリンを置いて帰りますから。オーケストラにも入らないです」

　すぐるは帰ろうとした。

「君は、どんな罪を犯したんだ？」

　クーロンの言葉に、すぐるの顔からは血の気が引いた。

「え？」

「俺も昔、暴力団の組長だった。しかし、暴力団の世界から抜け出したくてな。組長をやっていただけでなく、他にも犯罪をしていたんだ」

「他にもですか？」

「話をしたいから、まずは店のシャッターを下ろしてくれ」

すぐるは言われたように、シャッターを下ろした。

「他の犯罪って何ですか？」

「ロシア製のピストルを、日本に不法に持ち込んで捕まった。刑期を終えて、暴力団とのつながりを無くしたものの、働く場所が見つからず。暴力団だった人は、暴力団排除条例というものがあって、五年間は保険に加入できなかったり、銀行口座が開けなかったりする」

「組織から抜け出せても、大変なんですね」

「君はどうなんだ？」

「俺は、両親が死んで父の実家に居たけれど皆、死んでしまって七歳から路上生活をして窃盗を繰り返していました」

不思議とクーロンの前では、話をしていた。

「そうか」

「何故、バイオリンの修理を無料でやってくれるのですか？」

「俺は、ある意味で社会に助けられた。だから、俺と同じように逮捕された奴がいたら、助けてやりたいんだ」

そう言って、クーロンは目頭をおさえた。

体型は暴力団だったなごりからか、ごつい感じはあった。しかし、涙もろいタイプらしい。

「君の名前は何というんだ？」

「すぐるです。小林すぐる」

「俺はクーロン松尾だ。祖父がアメリカ人だからな。でも言うなよ」

「何をです？」

「俺が涙もろい奴だということだ」

「言いませんよ。元暴力団の組長が涙もろいなんて。もしかして、手紙のイニシャルからして、あなたですか？」

すぐるは手紙を見せた。クーロンは、笑って頷いた。

「一週間くらいしたら来てくれ。それまでに楽団員のことも考えてくれ」

すぐるは頷いて店を後にした。

バイオリンを直してもらってから一か月くらい経った八月のある日、すぐるは無料のアルバイト冊子の中に、斎場の配膳スタッフ募集の文字を目にした。

その日は、NPOの職員が来ることになっていた。

「時給千円か。相談してみるかな」

部屋に戻り、しばらくするとチャイムが鳴った。

「おはようございます。NPO法人の岩田と申します」

すぐるは彼を中へ入れた。岩田は改めて身分証を示して挨拶した。

「さっそくですが、仕事探しも含めて今の様子を聞きに来ました」

「実は、この冊子に配膳スタッフ募集とあったので応募してみようかと」

「なるほど」

岩田は、募集内容を読んだ。

「良いと思いますよ。高校生も可と書いてありますし、指導できるスタッフが居るのだと思いますよ」

すぐるは考えた。

「分かりました。この後で電話してみます」

「履歴書はありますか?」

「いえ」

「一応二枚程、こちらにあります。足りなくなったら買って下さい」

「有り難うございます」

「他に何かありますか?」

「いいえ」

「そうですか。おや、猫ですか？」

「道端で震えていたので。この子のためにも働かないと」

「良いことです。良かったね、お前さん」

しかし、すみれは岩田を威嚇した。

「失礼しました、岩田さん。まだ人慣れしてなくて」

「これはこれは。では今日はこの辺で失礼致します。また来ますので、その後の報告などを聞かせて下さい」

岩田が帰っていった。

「さて、履歴書の写真が必要だ。スーパーの側にその機械があったから、行ってくるか」

すぐるは出掛けていった。すみれはその間に、留守番をしていた。

帰ってきたすぐるは、開いた口が塞がらなかった。

カーテンの下はボロボロに、ティッシュは床に散乱していた。よく見ると、ミニテーブルの脚も歯型がついていた。そして、すぐるのパジャマ代わりのTシャツに、毛がびっしりついていた。

「お前、どうしてこんなことした？」

すみれは、怒られていることを察したようだった。

「寂しかったのか？　仕方ない奴だな。もう怒ってないよ。でも、俺が仕事に行ったらお前は留守番だぞ。こんな状態で大丈夫か?」

そうして一人と一匹は、夕食を食べてシャワーの後、一緒に寝た。

翌朝、配膳の仕事に応募するため電話をかけたが、担当者が不在で改めて電話をもらうことになった。


少しして、すぐるの携帯電話が鳴った。

「はい。小林です」

『初めまして、配膳スタッフ主任の浜岡です。この度はご応募頂きまして、有り難うございます』

「初めまして」

『さっそくですが、配膳業務をご希望とのことですが、間違いないですか?』

「はい」

『只今、札幌市中央区と西区で募集しております。どちらをご希望でしょうか?』

「西区で」

『かしこまりました。では次に、面接の日程を決めたいと思いますが、いつ頃が良いでしょうか?』

「八月の二十九日は、いかがでしょうか?」

『かしこまりました。お時間ですが、こちらで決めさせてもらっても、大丈夫でしょうか？』

ハキハキした女性の声に、すぐるは気持ちも晴れやかになった。

「はい」

『では、八月二十九日の午前十時頃に来て頂けますか？』

「はい。大丈夫です」

『では、当日は履歴書をお持ちになって来て頂けますか？』

「はい。宜しくお願い致します」

いよいよ、すぐるの生活がここから始まるのだ。

「すみれに、美味しいものを食べさせられると良いな」

ふと、修理し終えたバイオリンが目に入った。

「そういえば、楽団員の返事をはっきりと言えなかったな」

すると、何かが窓を叩く音がした。見ると雨が降り、雷が鳴り出した。

「いよいよ降ってきたか」

すみれは、彼の足に前足をかけた。

「雷が恐いのか？　大丈夫だ」

彼は仔猫を抱いて座った。

どれくらい経っただろうか。気が付くと眠っていた。時間は午後四時になろうとしていた。

「夕食を作らないとならない。でも面倒だな。写真を撮りに行って、帰りに買ったおにぎりと、インスタントのみそ汁で良いや」

すぐるはそれに、鯖缶を半分に分けてすみれと食べた。

「すみれ。お前のご飯がきちんとしたものを食べさせられるように頑張るからな」


面接当日を迎えた。

「浜岡を呼んできますので、こちらでお待ち頂けますでしょうか」

しばらく待っていると、一人の小柄な女性が来た。

「浜岡です。初めまして」

「小林です。宜しくお願い致します」

「こちらこそ宜しくお願い致します。さっそくですが、履歴書をお持ちでしょうか？」

「はい」

履歴書を見ながら浜岡が話し出した。

「西区専属ですね」

「はい」

『斎場ですので、毎日仕事があるとは言えませんし、早朝六時半からの出勤ですが問題はないですか？』

「はい」

『では決定ということで、話を進めても良いですか？』

「は、はい」

『では、さっそく明日からの勤務でいかがでしょうか？』

「明日は、予定が入っています」

『明後日、制服を合わせることはいかがでしょうか？』

「はい、大丈夫です」

『かしこまりました。では九月一日からの出勤でいかがでしょうか？』

「はい」

『では、その時にマイナンバーと通帳を持ってきてもらってもいいでしょうか？』

「はい」

すぐるは帰宅すると、ＮＰＯの職員である岩田に連絡をした。

「そうですか。良かったです」

「はい」

「普通の生活が送れるようになると良いですね」

「はい」

「今後も、何かあれば、連絡をして下さい」

「はい」

そして、制服合わせ、当日がきた。すぐるは、約束の十分前に行った。

『それでは厨房や事務所で顔合わせして、作業場所を確認して、今日は終わりです』

「はい」

二人は、お客さん用の手洗い、厨房や事務所を見て回った。

『明日私は、違う現場に行きます。代わりに佐々木という六〇代の女性が作業を教えてくれます。私から彼女に連絡を入れておくので、明日は朝の六時にこの玄関に来てもらえますか?』

「はい」

『できたら、当日はポケットに入るくらいの小さいメモ帳があると便利です』

「分かりました」

『自分が見て分かる所と分からない所を、はっきりさせておくこと。分からないまま返事をすると分かったと判断されます。注意して下さい』

すぐるは、少し考えて返事をした。

『それでは今日はここまでです。何か質問はありますか?』

「タイムカードの場所はどこでしょう?」

『それも、明日教えます。他には?』

「大丈夫です」

『では、明日から宜しくお願いします』

「宜しくお願いします」

翌朝、待ち合わせの場所に行くと一人の女性が来た。

『小林君？』

「はい」

『初めまして。走りながら話しましょう』

二人は事務所へ行きタイムカードを押すように指示した。

『タイムカードの場所、分かりましたか？』

「はい」

『明日からは、ここに来ること。―はい、鍵を持って。新聞を持ってきます。行きますよ、小林君』

すぐるは鍵を渡され、彼女の後について行った。

『ここに鍵を入れて右へ回してみて』

新聞受けの扉を開け、新聞を取り出した。

『これを持って、鍵を閉めたら事務所に戻ります』

事務所に行き、鍵とチラシと手紙を置いてロッカー室へ行った。途中、ロビーで前日の新聞を取っていった。

『さあ、新聞を入れ替えて。やり方はこうします』

佐々木が手本を見せて、すぐるも同じようにやってみた。

『次にトイレチェックよ。新聞を元の場所に置いたら、トイレに来て下さい』

すぐるはついて行った。

『洗面台の鏡の汚れ、ティッシュ、トイレットペーパーの量を見る。足りない時は、ここから補充して下さい』

物置らしき場所へ連れて行かれた。

『それから、食堂室の照明をつけて厨房へ行く』

厨房の扉を開けて中へ行った。

『おはようございます』

『あー、おはようさん。さっそく新人さん、来たのかい？』

火葬場弁当を作るスタッフ、料理長等々がすぐるを迎え入れた。

「よ、宜しくお願いします」

『さて小林君、お茶のポットの準備しましょう。食堂室で使うおしぼりも用意しないとなりません。このタオルを濡らしてもらえますか？』

言われたように、タオルを濡らした。

『いい？　これから見本を一つ作るから、同じように並べてみて』

見本を見ながら、少しずつ食器を並べていった。

『並べたら、メモ帳に書き写して』

佐々木はきびきびと指示を出した。

『この仕事は、とにかく時間が命なの。今の言葉もメモしてね。それと、ここで言われたことは全てメモするくらいの気持ちで。一人で作業する時に、メモが必要になるから』

「はい」

『あー、文章より絵を大きく描いた方がいいわ。小さいと、自分でも分からないでしょうし』

「はい」

そこへ、一人の女性が来た。

『お客さん、連れてきていい？』

『はい、お願いします』

佐々木と、そのスタッフが話していた。

「お客さん？」

すぐるの言葉に佐々木が説明した。

『前日に、お通夜で泊まった方々よ。その方々の朝食を、私たちが用意するのよ。あ！来たわ。私がご飯を盛るから、運んで下さい』

「はい」

『おはようございます。只今、ご飯とおみそ汁をお持ちします。なお、後ろ側にフリードリンクがございますので、ご用意のうえでお座りになってお待ち下さい』

すぐるはあ然としながらも、ご飯やみそ汁を運んだ。

お客さんを迎えに行ったスタッフも加わった。

『ぼさっとしない。お茶を持っていって』

「は、はい」

とまどいながらも作業を半分ほど終えて、洗い物をしていた。

『洗い物は、終わりそうですか?』

佐々木が食堂室の食器を積んで、様子を見に来た。

「ええ」

『洗い物が終わったら帰れるので、片付けてもらっていて良いですか? 私は、食堂室のテーブルクロスを替えてきます』

「はい」

『洗い終えて、片付ける時に場所が分からない食器は、私でも厨房の人でも聞いて下さい。教えます』

「はい」

洗い物を終え、湯呑み茶碗を食堂室へ持っていくと、佐々木がテーブルクロスを替えていた。

『終わりましたか?』

「はい」

『では、汚れたテーブルクロスを持ってくれますか? クリーニングへ出すので、そこまで行きましょう』

　二人は厨房の裏手へと行った。

『これで今日は終了です。タイムカードを押し忘れないようにね』

「はい」

　帰ったすぐるは、ぐったりしていた。そんな彼の横にすみれがくっついてきた。

「すみれ、疲れたー。俺、やっていけるのかな？」

　その日の夕方、会社から連絡があり明日も出勤とのことだった。

　数日間、出勤が続いた。

「今日は休み、ゆっくりしよう」

　ベッドで横になっていると、バイオリンが目に映った。

「オーケストラの返事、できないままだったよな。仕事も続いていたし。俺にオーケストラなんて向いてないよな」

　そう思いつつも、気になっていた。

「次の休みに、楽器店に行こう。そして断ろう」

　しかし、なかなか行けなかった。配膳スタッフとして、三か月は経とうとしていた。

『小林君、もうそろそろ力を発揮できないかしら？　お金をもらっているのに、力を出してもらえないと困るわ。若いのだから、頭を使って欲しい』

「はい」

次の日は休みだった。

「楽器店に行こう。すみれも行くか？」

一人と一匹は楽器店へ行った。

「いらっしゃい。すぐるか」

「はい」

「猫も大きくなったな、入りなさい」

「はい」

「オーケストラには、入る気になったか？」

「俺には無理です。今やっている仕事でさえ怒られてばかりで」

クーロンは笑った。

「何かあったのか？」

「今の仕事に就いて、三か月になろうとしているのに、作業スピードが上がらず、お金をもらうのに、このままではダメだ。もっと頭を使えと先輩方に言われます」

「辞めるように言われたのか？」

「いいえ」

「お前さんが頑張れると思ったから言っているんだ」

「え？」

「本当に能力が無いと判断したら、一か月くらいで会社から出される。お前さんはできる人なんだ。自信を持ちなさい」

「でも、周りの期待にこたえようとして自分を見失っているように思います」

「それだけ、自分を客観的に見られるなら、どうしたら良いか分かるはずだ」

「はぁ」

「オーケストラも、いきなりは無理だろうから、まずは路上ライブでもやってみたらどうだ？　弾き方は、俺が教えるからやってみろ」

「いきなりなんて、無理ですよ」

「そういう所から、たたき直してやるから」

クーロンの強引さに負け、仕事が休みの時は、楽器店の二階で練習した。

すぐるは、楽譜が読めなかったがクーロンの弾く音を覚えて弾いた。そうしている内に、すぐるの心も変化し始めた。

「さて、俺が教えられるのはここまでだ。後は路上で弾いてみるといい」

「有り難うございます」

「お前が必死だから、仕事の先輩方も発破をかけているんだ。分かるか？」

「何となくは」

「また何かあったら来いよ」

クーロンとの練習から、路上での練習へと変わっていった。

初めは、物珍しさに人々が集まっていた。

〝となりのトトロ〟や〝世界に一つだけの花〟などを弾いた。

「どうせ、格好をつけたいんだろう？」

「自慢でもしたいのね」

次第にお客さんからは、野次を飛ばされ笑われた。

それでも彼は、バイオリンを弾き続けた。

三週間したある日、いつもの場所で弾いていたが、人々が来る気配がなかった。

「俺には、楽団なんて無理だ」

そうして、バイオリンから離れていった。

翌日、すぐるは楽器店へ行った。

「すぐるか。今日、猫はどうした？」

「留守番です」

「そうか。今日はどうした？」

「俺の弾き方が悪いのか、お客さんが減っていって。昨日は、人が来る気配さえなくて」

「それで、どうした？」

「どうしたら良いか分からないのです」

「仕事の方は順調か？」

「はい。作業ペースが速くなってきていると言われました。でも、それが何か？」

「前に、お前さんは自分を客観的に見られると話したのを覚えているかい？」

「はい」

「なら今、なぜお客さんが減っているのか、どうしたら、お客さんがまた聞いてくれるのかを、考えてみるんだ」

「うーん」

「何か、お客さんは言ってなかったか？」

「格好をつけたいのではとか、自慢したいとか言っていました」

「お客さん、良いヒントをくれたな」

「は？」

「格好をつけず、自慢せずお前さんが感じたままやってみろ」

「はあ。やってみます」

すぐるは、帰宅して考えてみた。

その後、少しずつお客さんが集まり始めたある日、すぐるは楽器店へ行った。すみれも連れて。

「いらっしゃい。猫もいるのか？」

「はい。この間の答えが見つかったので」

「そうか」

「サビの部分にアレンジを加えてみました。まるで歌っているように」

クーロンは微笑んだ。

「ほらみろ。お前さんは分かっているんだ」

「え？」

「どうしたら、もっと状況が良くなるか。自分で課題を見つけて、クリアしていくということだ。今の若い人は、ただどうしたらいいか分からない。だから答えが欲しいと言ってくる。今の若い人にしては珍しい」

「そうですか？　初めて言われました」

それから路上で弾いた。その日の帰り道、ミニコンサートのボランティアと書かれたチラシを見つけた。

募集要項には、楽器を弾ける方とあった。コンサート会場については書かれておらず、代わりに電話番号が書かれていた。

すぐるは、電話をかけた。

「あの、ミニコンサートボランティアのチラシを見て電話したのですが」

「それでしたら、田西川小学校へ行ってもらえますか？　これから言う住所がその小学校なので」

「分かりました」

住所を教えられ、彼は行った。その頃、携帯電話に、仕事の連絡が入った。

小学校へ着き、説明を聞きながら携帯を取り出した。会社から明日の出勤時間がメールで送られてきた。急いでメールを読み、メモ機能を出した。

説明の中で、練習時間や弾く曲について伝えられた。曲はクラシックやアニメを弾くということであった。

「配膳のアルバイトは午前中だし、午後からの練習ならできそうだ。でも、すみれのご飯もあるからな」

彼は独り言を言いながら帰った。

そうして、いよいよ練習が始まった。

実は、この計画を立てたのはクーロンだった。

練習をする中で、東京で音楽の仕事をしていてたまたま、北海道に来ている人、地元は北海道だけれど仕事で広島にいて、休暇で来ている人など、様々な人がいることが分かった。その中でも、山岡忠信という男で通称たーぼーと、作田とき子、藤山のり子と仲良くなり、時々連絡を取り合うようになった。のり子は、松田一美という山岡と一位二位を争うくらいの短気な男と付き合っていた。松田は以前に、警備員として観光スポットの駐車場の警備をしていたが、辞めて今は無職である。とき子は、すぐに泣く部分があるが人一倍の努力家で三十一歳、のり子はサッパリした性格だが、家に事情があるらしく、Wワークをしている二十五歳でとき子の、良き相談相手である。たーぼーは、結婚してサラリーマンをしているが、過去に詐欺罪で捕まったことがある。たーぼーと松田を除いては皆、北海道内に住んでいる。

少しずつ練習に慣れてきた頃、指揮者の今井が言った。

「今は、午前中と午後で練習をしています。十月までこの状態で、十一月から全体練習をしていきます。そして、十二月七日が本番となります」

今井の話の後、解散となった。

帰宅すると、玄関ですみれが待っていた。

「遅くなったな。今、ご飯にするからな。今月は給与が入ったから、キャットフードを買えたよ」

すぐるは、キャットフードを皿にのせて出した。

「美味しいか?」

すみれは勢い良く食べていた。

「俺も何か食べよう。冷凍おにぎりとみそ汁でいいか」

この時、まさかあの胆振東部地震が刻一刻と近づいてきていることなど、すぐるやコンサート仲間たちなど知るよしも無かっただろう。そして、まさか北海道全域がブラックアウトになろうとは。

「さて、ご飯も食べたし、シャワー浴びて寝るかな」

二〇一八年九月六日、午前三時八分になった。

いきなり、耳元で携帯電話の緊急地震速報メールのアラートが鳴った。驚いたすみれは、狂ったように鳴いた。

揺れは更に強くなった。すみれはますます不安になり、鳴いた。

「すみれ、落ち着けよ。大丈夫だ」

すぐるは携帯電話を、暗い中で探した。その手をすみれが引っ掻いた。

「痛い。やめろ、すみれ。大丈夫だから」

何とかすみれを抱き抱えて、布団の中に入れた。すみれは、すぐるの温もりを感じたのか、落ち着いた。

揺れはまだ続いていた。しかし、それも少しずつ止まっていった。

「すみれ、もう大丈夫だ。安心して眠っていいからな」

すみれは、彼の顔に頭をすり寄せた。だが、まだこの時は夜明け前であったため、停電のことなど気が付かなかった。

翌朝、何となくすっきりしないままに起きた。

すると、窓の外が騒がしい。そこで彼は、窓を開けた。外には何人も集まっていた。

「停電みたいよ」

一人の女性が言った。

「どうしよう。僕の家はオール電化で、水が部屋まで上がらないよ」

別の男性が言った。

すぐるは、窓を閉めた。そして、流し台やシャワーの水を出してみた。水は出た。

「良かった。でも、食材はあるかな？」

冷蔵庫や冷凍庫を見た。

「何とか三日は大丈夫だ。でも、電気はどうかな?」

すぐるは、部屋のスイッチを入れた。しかし点かなかった。携帯電話の充電は、ぎりぎりだった。

「とにかく、必要な時以外は電源を切るしかないな。そして、今夜は早めに夕食をとろうかな」

一人と一匹は、夕食をとった。

洗い物をして、シャワーを浴び何気なく彼は空を見た。

「星だ。こんなにきれいなんだな」

その声に、すみれも窓に登ってきた。

「すみれ、見えるか? 凄いよな。普段では、街灯の明かりで星の明るさなんて気にもとめないよ」

街の明かりが無いことで、空の暗さが際立って星が一層光り輝いていた。

停電とは確かに怖いが、星明かりでわずかだが心がホッとした。


「はい、小林です」

「配膳スタッフの浜岡ですが、そちらの状況はいかがですか?」

「有り難うございます。棚の扉がいくつか揺れで開きましたが、大きなけがは無いです」

「そうでしたか。今後、連絡をメールでするかと思います。返信できるようにしておいて頂けると助かります」

「了解しました」

電話を終えて、まもなく通話が不可能になりかかった。充電もギリギリである。

そこへ、ＮＰＯ法人の岩田からメールで連絡を受けた。

すぐには行けないが、出来る限り早く行きたいとのことだった。

さらには、コンサート仲間からもメールで連絡を受けた。

そこには、何度も電話したが通じずメールを使ったことや、何か必要なものがあるかといった内容だった。

すぐるは、携帯電話の充電が無くなりそうだという連絡を入れ電源を切った。

それから数時間して、窓の外で話し声が聞こえてきた。

自家発電機を持ってきた人がいた。すぐるもその中に入れてもらった。

「有り難うございます」

すぐるはお礼を言った。

『困った時はお互い様だろう。たまたま自家発電機が無事だったから』

中年の男性が言った。

すぐる以外にも、何人か携帯電話を充電していた。

充電をしながら、すぐるは電話でニュースを見ていた。そこには、苫東厚真火力発電所停止、札幌市北区では液状化で地面が盛り上がっていると出ていた。

停止した発電所は、全部で三基あり、第一号基は最初から停止していて、第二号基と第三号基のみ稼働をしていた。しかし、地震の影響と北海道全域といってもいい程の場所へ電気を送っていたため、発電所の一極集中が起きてパンクしてしまったのだ。

九月六日の正午、充電を終えて部屋に戻ると経済産業大臣のニュースが流れてきて、復旧には一週間はかかるだろうとのことだった。

「一週間か。食料、足りるかな。俺一人なら何とかなるけどな」

そう言いながら、すみれを撫でた。そこへコンサート仲間からメールがきた。

〝すぐる、大丈夫か？　松田と俺は本州とかに居るけれど作田や藤山は大丈夫か？　すぐるから、連絡してみろよ〟

すぐるは、急いで二人に連絡をした。藤山は大丈夫だと返信が来た。しかし、作田と連絡が取れなかった。すぐるは、松田と山岡に連絡をした。

山岡からの返事を待ちながら、すぐるはまた携帯電話でニュースを見た。そこで、ネット上で八時間後に余震がくる、断水になるなどのデマの情報に注意とのことだった。さらに、厚真や安平などでは懐中電灯で夜を過ごしていること、復旧できた場所では、ガソリンスタンドへ行く車で列ができているというニュースだった。

一方、本州では電力供給のため強制停電をするものの、電力の供給は元に戻らなかった。

しばらくして、山岡からメールがきた。

〝すぐる、辛いだろうけれど待っていろよ。俺たちも各家で節電を呼びかけているんだ。北海道と同じように、夜は電気をできるだけ使わないようにしているんだ。お前たちと同じ気持ちでいられるようにな。今、俺たちが出来る最大のことをしている。頑張ろう〟

すぐるは泣きそうだった。

一夜明け、ニュースを見たすぐるは驚いた。窓の外も騒ぎが止まらなかった。

『停電です。先生、人工透析の患者さんや人工呼吸器の患者さんが危険です』

看護師たちは、病院内を右往左往していた。

別な病院では、看護師や医師たちが燃料・軽油を下さいという紙を持ち、病院の屋上で叫んでいた。自衛隊から電気をもらう病院もあった。

『おい、山崩れで家が完全になくなってるぞ。ニュースで出ている』

その声を聞いたすぐるは、携帯電話のニュースを見た。そこには、目を疑う光景が出ていた。まさか、北海道にこんな大きな地震がきて、停電にまでなるとは。

ニュースを見た人々は、ただあ然とするばかりだった。

消防署には、救助要請の電話が引っ切り無しに鳴り続けた。

『はい。こちら厚真消防署です』

消防署の職員が続きを話すのを遮るように一人の男性が話し出した。

『助けて下さい。家具の下敷きになって、動けません』

『すみません。すぐに行けないのです』

職員が言った。

『どうしてです？　辛うじて呼吸しているのですよ』

『状況はお察しします。しかし、道路が山崩れ、土砂崩れで寸断されて、消防車が出せないんです。とにかく今は、出来る限り意識を保ち続けて下さい』

職員はそう言って、電話を切った。その後ろで別な職員もまた救助に行けるのが、いつになるのか分からないと言っていた。

『ちくしょう。こんな時、人間はなんて無力なんだ』

職員の一人が涙をこらえながら言った。


「はい、小林です」

「岩田ですが、もう二、三日くらいしたらそちらへ行けそうですが、今の状況はいかがでしょうか？」

すぐるは、この電話で我に返った。

「はい。自家発電機を持っていた方がいて、携帯電話の充電はできましたが、食料は厳しいです」

「分かりました。ただこちらとしても、スーパーは品切れで、コンビニエンスストアもほとんど品が無い状況です。しかし、何とか持っていけるだけ持っていきます」

「すみません。お願いします」

　その電話の後、すぐるは藤山のり子のことを思い出し、連絡をとった。


『母さん、どこだー？』

『おやじー。お袋ー』

　見るも無残な形の家を前に、叫ぶ人々が何人かいた。中には素手で、家の柱や壁をよけて家の中へ行こうとする人もいた。

　そうした人を見て何人かが言った。

『お父さん、落ち着いて』

　一人の若い男性が言った。

『消防車や救急車が来るまで、離れていた方がいい』

『家に孫が一人居るんだ。離してくれ』

　年配の男性が言った。

　安平町でも、崩れた家の目の前に何人もの人々が泣き崩れていた。

『いつになったら、道路が開通するんだ？　これから寒くなるのにな』

　一人の中年の男性が言った。その言葉がより一層不安を大きくさせた。

『私たち、何をしたというの？』

　子どもが二人いる主婦が言った。

皆、口々に何かを言わずにはいられなかった。何かを言わないと、更に不安が大きくなるからだ。

「やっぱりダメか」

すぐるは、ため息交じりに言った。

地震発生から四日経った、九月十日の夕方に藤山のり子からメールが来た。

〝けがはしていないけれど、清田区は液状化で地面が割れて水道管が破裂し、水が滝のように出ている〟

そのメールに、すぐるは驚き言葉を失った。

少しして、たーぼーに連絡を入れ藤山のり子の様子を話した。

彼から、すぐに返事が来た。

〝分かった。出来ることはないか、考えてみる〟

メールを読み、すぐるは祈った。

ピンポーン。

「はい」

「岩田です」

「どうぞ」

すぐるは彼を中へ入れた。

「話していたより、遅くなってしまい申し訳ありません」

「いえ。こちらこそ、大変な時に申し訳ありません」

「食料を持ってきました。近所の方にも渡せるようにと、多めに持ってきました」

「有り難うございます」

「西区や手稲区は、比較的に被害は少ない場所がありますが、北区は人が生活できない程の被害が出ています」

岩田が言った。

「知り合いが清田区にいて……」

「それは大変だ。これから、そちらの方の地域にも行く予定ではいますが、車が走れないですし……」

二人はそれ以上、何も言えなかった。

「今、できることって、何があるかな？」

たーぼーは自宅で必死に考えていた。

しかし、焦る程に混乱してしまう。

「くそ！　何も思いつかない」

彼はテーブルを叩いた。その音で二人の子どもが振り向いた。

「パパ。どうしたの？」

「パパ、お手てをテーブルにぶつけたよ。痛くない？」

「あぁ。ごめんね。大丈夫だよ」

だが、彼の心は大丈夫とはいえなかった。妻もまた、心配そうに様子を見ていた。

松田一美は、自宅でテレビをつけながら、ひたすらスマートフォンを眺めていた。

「のり子、どうしているかな？　あー、すぐに行けないのが悔しい。けがとかしてないといいけれどな」

そう言いながら、通帳を見てため息をついた。

「俺、のり子のことは大好きだけれど、正社員として働いていないから、貯えがない。自分一人なら何とかできるけれど……」

松田は、正社員として働けないある問題を抱えていた。松田はのり子と一年くらい付き合っていた。しかし、彼の体は高血圧に糖尿病、無呼吸症候群など、もともと体が弱かったのである。そのため、彼女とのデートと同じくらい、病院にも通っていた。

「電気が使えないみたいだけれど、親も私もけがしてないから、感謝だわ」

藤山のり子はそう言った。その彼女にも、とんでもない過去があった。

彼女が十七歳くらいの時に、母親から常に言葉の暴力を受けて、拒食症のようになったが、母親から病院へ行く必要はないと通わせてもらえなかった。

しかし、誰が見てもやせ過ぎていて、高校二年生の頃は、学校の先生方も気にはなっていたものの、特に対応はしなかった。

のり子は、自宅に母の方の両親が遊びに来ても、やせている姿を見せることを嫌がった母親が、彼女を部屋から出させないようにした。その後、のり子の様子を心配した母の両親が母に話を聞き出して分かった。

親から注意を受けた母は逆上し、のり子に対してこう言った。

『あんたのせいで、親に怒られた。あんたが悪い』

母親からの暴力は、今も続いていた。そのため母と同じ仕事場で働く中で、心配した、先輩方がのり子に声をかけた。それが悪いとまた母親が逆上した。

『あんたのせいで、私がどれ程に嫌な思いをしていると思っているの』

その度に、のり子は精神的に追い詰められた。

転職に対しても、母親はのり子には無理だと言って、それでものり子が転職すると一言いった。

『何で私に相談もせずに仕事を変えたの？　あんたになんかに、長時間の仕事なんて出来ないから』

そうした過去があり、のり子は臆病な性格になっていた。

『揺れが酷くて寝られない。とき子、大丈夫かい？』

とき子は、認知症の祖母の様子を見に行くと祖母は言った。

「大丈夫だからね。さあ寝よう」

夜勤のアルバイトを終え、帰宅した後で地震がきた。

眠気をこらえながら、とき子と両親は祖母の介護をしていた。

彼らは、様々な事情を抱えていたものの音楽が大好きで、いつか音楽を通じて多くの人を笑顔にしたいと考えていた。

九月十日、厚真町安平町、むかわ町などで災害ボランティアポータルサイトを立ち上げて、ボランティアの募集を始めた。

募集の初日は、安平町に三〇名程来ていた。

次の日からは厚真町、安平町、むかわ町にそれぞれ三〇名近く人々が来た。

そして、最終的には五千人もの人たちが、ボランティアへ来た。

九月十日から十八日までに、道内市町村社協議職員が三一一人、現地へ派遣された。


『お母さん、お風呂に入れるよ』

ようやく道が開通をし始めた地域では、避難所の近くに自衛隊の車が到着し、簡易のお風呂が設置された。

『いやー。お風呂はいいよなぁ』

年配の男性や小さな子どもたちは大喜びしていた。

『本当に有り難いねぇ』

それを見ている、自衛隊員たちもホッとしていた。

ボランティアの人々は、ダンボールで簡易ベッドを作りながら話をしていた。

『東日本大震災では、エコノミークラス症候群やら、震災関連死で大勢が亡くなったからね』

『けれど、あの震災があったからこそ、どうしたら避難所での生活が良くなるか考えられると思う』

そうして、簡易ベッドが一つまた一つと出来ていった。

すぐるは携帯電話のニュースを見ていた。

そこに、たーぼーからメールがきた。

〝土・日しか行けないけれど、そっちへ行って手伝うから〟

そのメールを見たすぐるの心に、明るい光が見えた。

一方、本州では北海道へ電力を送ろうと試行錯誤を繰り返していた。しかし、失敗に終わった。そうしている内に、一日一日と過ぎていった。


『お母さん、側にいるよね?』

小学生くらいの女の子が不安な声で聞いた。

『大丈夫よ。だから、寝なさい。お母さん、起きているから』

『うん』

いくら避難所とはいえ、余震は続いていることに変わりはない。

大人にとっても恐怖ではあるが、子どもならば、なおのこと不安と恐怖ははかり知れなかった。

そこに加え、暗さといつ自宅に戻れるのかという気持ちで不安と恐怖が大きくなった。

どんなに親が平気な気持ちでいようとしても、子どもには簡単に分かってしまう。

「藤山は、大丈夫だろうか」

一夜明け、すぐるは彼女へメールをした。すると、間もなく返事がきた。

〝私の家は皆、大丈夫だよ。壊れたところは無いわ。でも、近所は何軒も家の形がなくなったり、二階部分だけ残った家もある〟

そのメールを見たすぐるは、ホッとした気持ちとショックで複雑な気持ちになった。彼は、電気が使えない以外は問題はない。だが、家が無くなった近所の様子を見ている彼女は一体どんな思いだろうか。

それは、松田も同じであった。

たーぼーと松田は、ボランティアをするために、保険に加入したり作業道具を準備していた。

松田はたーぼーに電話をした。

「準備はどうだ？」

「松田か。少しずつ整ってきている。そっちはどうだ？」

「俺もぼちぼちだ。土・日しか行けない」

「松田もか。それは俺もだ」

「仕方ないよな。でも行かずに手を拱いているより良いだろう」

「松田と同意見だ」

こうして二人は、北海道へと行く準備をしていた。

「のり子、待っていろよ」

松田はスマートフォンに入ったのり子の写真を見て言った。

写真は、のり子が松田の家に遊びに来た時に、彼女が料理していた時のものだった。

たーぼーは松田に電話をした。

「明日、現地にはどうやって行く?」

「車を出せる人がいるから、一緒に乗せてもらうよ」

松田が答えた。

「それじゃあ、現地でな。俺は自分で運転して行くから」

「行ったら、受付を忘れるなよ」

「あ、忘れていた」

松田の一言で、たーぼーは気が付いた。

「おい、おい。確か受付をして、説明があると思うよ」

「松田は、的確な指示が出せるから凄く助かるよ」

「お前さー、しっかりしてくれよ」

「これで、藤山も安心して任せられるな」

「たーぼー、お前は俺の親か」

松田は笑った。

「とにかく、明日会おうな」

「あぁ」

すぐるはその頃、藤山のり子と作田とき子に松田とたーぼーが、北海道にボランティアに来ることをメールした。

すると、作田から返事が来た。

〝ボランティアは、必ずしも自分の希望する場所に行けるとは限らないのでは？〟

「あ！　藤山にもメールしてしまった。俺としたことがとんでもないことをしてしまった」

すぐるは頭を抱えていた。そんなすぐるを見たすみれは、大丈夫とでもいうように鳴いた。

ボランティアや自衛隊、消防団の人々などの協力もあり、仮設住宅もできつつあった。東北の冬の寒さとはまた違う北海道の寒さに耐えられるようにと、仮設住宅は考えて建てられた。

「ちくしょう。ここからは歩きしかない」

岩田は辛うじて横断歩道を歩いていた。

信号機の明かりは無く、ただの鉄の柱となっていた。そこへ一人の男性が来た。

『一緒に、この先の横断歩道を渡りましょうか？　僕は、横断歩道の先にある家に行きますので』

「助かります。一人だと不安で」

二人は、車の様子を見ながら歩いた。

「有り難うございます」

岩田は、お礼を言った。

警察官が道路に立ち、手信号を出していた場所もあったが、交通量の少ない場所までは警察官も行けなかった。

街は、見るも無残な光景なのに空はどこまでも青く続き、太陽は何事もなかったかのようにいつも通り輝いていた。


たーぼーと松田は船で北海道へ行った。

北海道内は、まだ道が開通していない場所もあったが、何とか厚真町のボランティア場所まで到着した。

「あ！　松田だ。おーい」

「おぉ。着いていたんだ」

「一歩違いで先に来ていた」

二人は、他のスタッフに交ざり受付をして、ボランティアの説明を聞いた。

二人は、ヘルメット以外の道具は持参していたので、それだけを借りた。

準備を整え、皆と一緒に指定された家へ行った。

途中、リーダーと見られる地元の年配男性が言った。

『足元が非常に危険な場所がいくつもあります。どうか、足元に気を付けて、皆で声をかけ合って移動したり、作業しましょう』

前後左右、どこを見渡しても山崩れや地割れで家の形を失っていた。

二人はあ然としていた。しかし、これだけで終わりではなかった。

「おい、たーぼー」

「どうした？」

「これ、道路だよな？」

「そ、そうだな。でも、道路というか何というのか…」

二人は言葉を失った。それもそのはず、道路は盛り上がって割れ、下水管がむき出しになっていた。そして、そこから水が川のように流れていた。畑も荒野となっていた。

すると、前方から呼ばれた。

『そこのお二人さん、はぐれたら危険です。グループで動いているので、必ず皆と行動をお願いします』

「すいませーん」

二人は同時に言った。

どこが入口なのか、分からない家が何軒もあった。

松田が作業しながら言った。

「なあ。北海道で、停電になっただけでも大パニックだから、道外でなったら、一体どうなるだろう」

「想像つかないな。第一、北海道にこれまで大きな地震がきて、全域でブラックアウトになるなんて、誰も予測してなかっただろう」

「そうだよな」

たーぼーの言葉に、松田が言った。

「そういえば松田、藤山と連絡は取れた？」

松田はスマートフォンを見て、首を横に振った。

なんと、藤山のり子はこの時に携帯電話のバッテリーが無くなり、誰とも連絡が取れなくなっていた。

「後でもう一度、メールしてみる」

松田は彼女の状況など、知らずにいた。

その頃すぐるは、携帯電話のニュースを見ていた。そこには、ボランティアの様子が出ていた。

すみれはもう、すっかり大きくなっていた。

「すみれ、俺に何ができるだろうか？」

しかしすみれは猫らしく、彼の声など聞こえていないように、あくびをして丸くなっていた。

「すみれは良いな。俺も呑気になりたいよ」

その声が聞こえたのか、彼女はバイオリンの側に行き、すぐるに訴えるよう鳴いた。

「バイオリンか」

すると、初めて猫を見つけてその猫がバイオリンの所まで走っていったことを思い出した。

すぐるはバイオリンを手に改めて眺めていた。

このバイオリンが、すみれやクーロン、オーケストラ仲間と出会うきっかけをつくったのだ。

「俺は、家を失ったわけでもけがをしたわけでもない。音楽で少しでも皆を元気にしようじゃないか」

松田たちが壊れた家の周辺を片付けている一方で、厚真ダムが地震で崩壊しダムの姿がどこにあったのかさえ、分からないほど形がなくなっていた。

苫東厚真火力発電所の一極集中は、今回の地震によって分かった。恐らく、こうした発電所の問題も含め様々な見逃したものが、この先も自然災害が起きるたびに出てくるだろう。

「松田、藤山と連絡が取れたか？」

その日の作業が終わり、また次回という時にたーぼーが言った。

「心配だろうけれど、無事だと信じよう」

「そうだな。明日は仕事だから、もう戻らないとな」

二人は帰り仕度をして、それぞれ車に乗った。

それから一週間後、ようやく藤山のり子は携帯電話の充電ができた。そして、松田からのメールに涙が出た。

「一美、来ていたんだ。逢いたいな」

のり子は、メールをした。

午後九時になった。松田はようやくアパートに着き、シャワーを浴びて寝ようとしていた。すると、メールの着信音が鳴った。のり子からだった。

「のり子、無事だったのか。嬉しい」

松田は、飛び上がらんばかりに喜んで、たーぼーに連絡を入れた。彼もまた喜んだ。

「危ない。落ち着いてくれ。大丈夫だから」

一人のジョッキーが馬を落ち着かせようとしていた。一般的に、馬はおくびょうな性格であるため、地震の揺れでパニックになってしまう。

ここは門別競馬場である。今日のレースのため、練習をしようとレース場へ何人もの人々と何頭もの馬が出ていた。そこへ、あの地震が起きたのだ。

地震が原因で、馬たちの体を洗ったり、飲料としていたりするための給水タンクが全壊してしまった。

『どうしよう』

一人のジョッキーが言った。

『馬たちは、走った後に体を洗って冷やさないとならない』

別なジョッキーも言った。

『馬たちは、一日に三〇リットルもの水を飲むんだ。タンクが壊れたとなると大変だ』

その後、他の競馬場で水をもらって馬たちの体や爪を洗った。

こうした自然災害では被害を受けるのは、人間だけではなく動物たちも同じである。

『母さん、仮設住宅に住めることは有り難いな』

一組の八十代くらいの夫婦が話していた。

『でも父さん、住めるのは二年まで。その後はどうしたらいいのかしら？』

『二年か。まだ先じゃないか』

『何を言っているの。あっという間ですよ。それまでに、家を建てないとならないのよ。家を建てる費用はどうするの？』

地震が起き、仮設住宅に入れても特定非常災害に指定されない限り、入所期間は二年と決められている。今回の地震は、この項目に当てはまらないとされた。

この地震で、多くの水道管が壊れてしまい、その修理費用はおよそ三〇〇万円を見込まれている。

『このままだと、住む場所が無くなるわ。身寄りの人も皆、入院したり亡くなったりしているというのに』

別な仮設住宅にいた、四十代くらいの女性が小学生の男の子の顔を見ながら不安そうに言った。

『山を寄付しようか、このまま自分で管理しようか』

七十代の男性が言った。この男性は山のことだけではなく、別な問題も抱えていた。畑である。

畑は、自分の所有するところはもちろんだが、知人の畑までもが山崩れで荒野となってしまった。

山は彼が子どもだった頃、友人何人かと登山をした思い出深い山である。しかし、地震で山が崩れてしまい、北海道へ寄付することを検討しなければならなかった。

畑は、知人が野菜や米を作り男性といつもやり取りしていた。

『この畑を見るたび、彼のことを思い出すよな』

のり子からのメールを受け取った松田は、がれきを取り出す以外で、何か自分たちに出来ることがないかと考えながら眠りについた。

たーぼーもまた、同じだった。

「今の俺にしかできないことって、何だろうか」

翌日、松田がたーぼーへ電話を掛けた。

「どうした、松田」

「俺、夕べ寝ながら考えたんだけれど」

「何だい？」

「俺たち、せっかく楽器を弾けるし、音楽で何かできないかと考えていたんだ」

「やっぱりな。俺もそうだよ」

「たーぼーもか。もう少し落ち着いたらやってみるか」

「そうしよう」

「よし。そうと決まれば、がれきの片付けも頑張れそうだ」

松田だ。

「俺、すぐるに連絡してみるから」

たーぼーが言った。

「あぁ。頼むよ」

こうしてまた、電気がいつ点くのかと思いながら道民はもちろん、ボランティアスタッフたちも不安な夜を迎えた。

すぐるは、岩田から渡されたラジオを聞きながらベッドに横になっていた。ラジオにはつるの剛士さんが出ていた。彼は以前、番組のロケで北海道を訪れていたことがあり、今回の地震の話を聞きつけて、ラジオ番組に出たのだという。

ボランティアをしながら、松田はたーぼーと話し合い、手分けして、すぐる達に連絡を入れた。

「一美、私も今できることはないかと考えていたの。ミニコンサート、良いと思うな」

「そうだろ?」

「うん。とき子にも連絡してみるね」

「お願いするよ」

のり子は、すぐに連絡した。とき子もまた、同じ考えでいた。

松田は、山岡へ連絡を入れた。全員の意見がまとまった。

「たーぼー、場所はどうする?」

「場所って?」

「ミニコンサートの場所だよ」

「そうだよな。一番最初に練習した学校が問題なければ良いけれど」

「とりあえず、そこへ集まってそれから考えよう」

「そうだな。日にちゃ時間は、また連絡するから」

「頼むよ」

一週間後、すぐるの携帯電話が鳴った。すみれも反応した。

「俺だけれど」

たーぼーだ。

「どうした？」

「コンサートの日にちだよ」

「本当か？」

「十月十九日が練習で、二十日が本番だ。飛行機のチケット、松田も取れたから」

「作田たちにも、連絡するよ」

「頼むな」

すぐるは連絡した。

「小林君、本当なの？」

「あぁ」

「それなら準備しないとね」

すぐるは、電話を切ってすみれの方を見ていた。

すみれは、カーテンレースで遊んでいた。

「なぁ、たーぼー」

松田は彼に電話していた。

「どうした？」

「俺たちさ、サンドウィッチマンみたいじゃねぇか？」

「どこが？」

「彼らの地元は、宮城県だろう？　東北の震災の直後、自分たちが皆のために頑張ろうと、先頭を切ってお笑いをやっていただろう？」

「あぁ。覚えているよ。頭が下がるよ」

「そうだよな。自分たちが傷付いているのに、逆に元気を与えようなんてな」

そうして、いよいよコンサートの練習の日が近づいてきた。

練習の朝を迎えた。

「だいぶ道路が通れるようになったな」

たーぼーと松田がタクシーで話していた。

タクシーを降り、田西川小学校の門を見つけた。校門から大勢の人が出入りしていた。

その中に、すぐる達を見つけた。

「あ！　一美だ」

「たーぼーと松田だ。おーい」

五人は久し振りに会った。

「電話では話していたけれどな。会うのは久し振りだ」

たーぼーは言った。

「のり子、泣きながら居たんだろう？　お前は何かあるとすぐ泣くからな」

松田がのり子の頭を撫でた。

「私ね、彼氏ができた」

「まじで？　どんな人？」

たーぼーと松田が同時に言った。

「イケメン。でも、その彼は色々と事情を抱えているみたい。のり子にだけは話したけれどね。詳しくは言えない」

「そうか。何だか、俺たち五人は色々と事情ある者が集まっているんだな？」

すぐるが言った。

「え？　小林君も？」

のり子が言った。

「そういう君もかい？」

「まぁ、良いじゃないの」

とき子が言った。

「それにしても、電気がないというのが不便だよな。道外に居る俺たちは、不便という以外に言葉が見つからないな」

たーぼーが言った。

「未だに東日本大震災の爪跡が消えない。彼らは、地元に帰れないまま八年以上も苦しんでいる」

松田が言った。

「放射性物質が、住む場所を覆いつくしているから」

作田とき子が言った。

「そんな大事故があったんだ。それからみたら、北海道の地震の被害は少ないな」

すぐるが言った。

それを聞いた松田は、彼の襟をつかみ殴りかかった。

「痛い。何するんだ」

「お前の発言は、前のオリンピックパラリンピック大臣と同じだ」

「は？」

「白血病になった水泳選手の命よりオリンピックの方が大事だという発言だ」

たーぼーが加わった。

のり子ととき子は、三人の様子を黙ってみていた。

「すぐる、お前は電気が使えないこと以外はけがもしていないし、家も壊れていない。だからそうしたことが言えるんだ。家族を無くし、家も壊れた立場の人の気持ちを分かるのか？　今日、お前は練習に来るな」

松田が怒鳴った。

茫然とする、すぐるを残し、四人は校舎に入っていった。

「松田の奴、何も殴ることはないのにな」

頬を撫でながら、松田とたーぼーの言葉を思い返していた。

時刻は、夜の六時を回っていた。

すぐるは、すみれにご飯を出すとバイオリンを持ち、学校へと急いだ。

「まだ練習しているだろうか」

すぐるは校舎内に入り、たーぼーたちを探したが、見つからない。

「どこだ？　どこに居るんだ？」

「どこに居るんだ？」

一階、二階と行ったが、どこにも彼らは居なかった。

最上階、三階に行くと音楽が聞こえてきた。すぐるは走っていった。

教室のドアの前に行くと、たーぼーが気付いて入口に来た。

「すぐるか。少し待っていてくれないか？　別な教室で。後で話がある」

「分かった」

すぐるは隣の教室に行った。しばらくすると、たーぼーと松田が来た。作田と藤山は帰った。

すぐには誰も話さなかった。

「なあ、すぐる——」

一番最初に口を開いたのは、たーぼーだった。やや硬い表情だった。その横にいた松田の表情は険しかった。

「俺の実家は、宮城県仙台市なんだ。あの震災で、お袋と妹それに男性のいとこも亡くなった。親父は放心状態だから、何としてでも元気になってもらおうと、仕事の合間に音楽の勉強をして、親父の前で楽器を弾いたりもした」

それまで険しい表情だった松田も口を開いた。

「俺の親父は宮大工をしている。熊本の地震で城が壊れ、大工の人数も必要だったみたいだから熊本へ行っている。俺の弟は、広島県呉市の土砂災害で亡くなっている。お袋は気を張っているけれど、その姿が痛々しい」

二人の話を聞いたすぐるは、驚いて言葉が最初は出なかった。

「俺、何も知らなかった」

するとたーぼーが言った。

「皆、せっかく仲良くなった。それなのに、こんな話をして気を遣わせたくない。そうだろう?」

すぐるは頷いた。

「二人とも、悪かったな」

すぐるが謝った。

「俺たちは大丈夫だ。ただ、こうした理由から何としてでも、皆を元気にしたいんだ」

たーぼーが諭すように言った。

「悪いと思うなら、音楽でその思いを伝えろよ」

ぶっきらぼうに、松田が言った。

「よし。それじゃあ、すぐるのために特別レッスンだ」

たーぼーが言った。

「よせよ。何だよ、特別レッスンって」

すぐるは、照れ隠しするように言った。

「だって、お前は練習をさぼっていたしな」

松田が、すぐるをからかった。

「松田、やめろって」

三人は笑いあった。

「さっき、すぐるが居ない間に話していたんだけれど――」

たーぼーが曲の説明を始めた。

「小さい子どもも当然、居るだろう。だから〝アンパンマンのマーチ〟とか弾いたら良いと思うんだ」

「そうだよな」

すぐるは言った。

「この曲は、いつの時も愛されている曲だから」

松田が言った。

「不思議だよな、この曲は」

すぐるは感慨深げに言った。

「だって、なぜか力が湧いてくるよな」

「そうだ。今、親となっている人も小さい頃はほとんどテレビで見たり、本を読んだりしていたからな」

「は？」

「他に弾く曲は？」

たーぼーが言った。

「すぐる、焦るなよ。〝川の流れのように〟だ」

「は？」

たーぼーの言葉の意味が分からなかった。

「昭和の歌姫である美空ひばりさんの曲さ。年配の人にとって、大好きな曲だ」

松田が補足した。

「俺、知らないよ」

「すぐる、お前って奴は――」

松田が言い終わらない内に、たーぼーが間に入った。

「ＹｏｕＴｕｂｅで見せるよ」

しばらく三人は動画を見ていた。

「まあ、こんな感じだ。ただ、避難所を何か所も行くし、弾ける曲も限られる」

たーぼーが口を開いた。

「すぐる、明日の昼頃からやるからな。少し早めに来て、練習した方が良いな。あんまりお前は練習できなかったから」

「有り難う、二人とも」

「何を言っている。仲間だろう、俺たちは」

松田が、すぐるの肩を軽く叩いた。

「じゃあ、明日な」

たーぼーが言い、三人はそれぞれ帰った。


いよいよ本番当日を迎えた。

すぐると山岡、松田は早めに来て練習をしていた。

指揮者の居ない中で、演奏をするとなるとそれは、本当に難しかった。音程が少しずれると、全体的に狂ってしまい、立て直すことが大変だった。

「たかが、わずかな音のずれといっても大きなミスにつながる」

山岡が言った。

「でもさ、あまりに完璧を目指そうとすると楽しさが伝わらないだろう。アンパンマンのマーチとか。そう思わないか？」

松田が言った。

そこへ、藤山のり子と作田とき子が来た。

「三人とも早いわね。どうしたの？」

作田が聞いた。

「あぁ。すぐるの練習につき合っている」

「仕方なくだけどな」

松田が苦笑いしながら、山岡の後に続いた。

「だから、仕方なくって何だよ」

すぐるが、少しムキになった。

そこに山岡が割って入った。

「まあ、とりあえず五人揃ったから改めてやるか」

「三人で弾いたけれど、音が上手く合わないんだ」

松田の言葉に作田とき子が言った。

「そうよね。それって、きっと五人揃ったら欠けていた音が補われて、音が合ってくると思うね。やってみましょうよ」

「よし。川の流れのようにだ」

山岡が言った。

時刻は午前十時三十分だった。刻一刻と時間が迫ってきた。

五人のボルテージも上がってきた。そうしていよいよミニコンサートの時間がやってきた。

体育館に避難していた人々は、これから始まるミニコンサートのことは知らずにいた。

五人は、他の避難している人々に交ざっていたが、少しずつコンサートの準備をし始めた。

周りは一体何が始まるのかと、興味津々だった。


「おい、松田」

山岡は小さい声で言った。

「何だ？」

「お前が、皆にコンサートすると言ってくれるか？」

「俺が？　お前やれよ」

「いいから。分かったな？　頼むよ」

山岡の強引さに負け、松田は避難してきている人々に声をかけた。

「えー。あー」

松田が発声練習を始めた。

「一美、何しているの？」

のり子が、不思議そうに聞いた。避難している人々もまた、同じ気持ちで見ていた。

「えへん。えー、これからここに居る五人でミニコンサートをします」

その言葉に大きな拍手が湧き起こった。

「初めに、アンパンマンのマーチです」

作田とき子が言った。

五人は、目で合図を送り、演奏が始まった。二曲目は川の流れのようにを弾いた。時々誰かが音を外し、その度に全体の音がずれるものの、何とか五人は弾いた。

「僕たちは、これからいくつか避難所に行って、こうして音楽で少しでも元気になってもらえたらと思います」

すぐるが言った。その声にまた大きな拍手があった。

「まだ、私たちはプロではありません。しかし、これからプロを目指していきたいです」

作田とき子が言った。

彼らの音楽の旅が、ここから始まろうとしていた。

彼らの演奏に感動したボランティアの、大神という五十代の男性が、彼らを車に乗せてくれた。彼の車はワンボックスカーだったため、全員が乗れた。

「すみません、作業の途中で」

山岡が言った。

『いやいや。今日は、これで帰らないと。明日は仕事なので』

大神が言った。

次の避難所は車で三十分程行った所にある、市の施設だった。

五人は礼を言って、車を降りた。

『成功を祈っています。頑張って下さい』

大神が微笑んで言った。彼の車を見送ってから、五人は建物の中へ入っていこうとした。

その時、藤山のり子の携帯が鳴った。

この電話が、のり子の今後にわずかながら影響を与えるとは、のり子も周りも知らなかった。

「はい。あ、お母さん。どうしたの？」

四人は、のり子の電話が終わるのを待っていた。

「え？　嘘でしょう？　そんな——」

のり子の顔が青ざめてきた。作田とき子はのり子の左手をぎゅっと握った。それに気が付いたのり子は、とき子の方を向き、涙を流した。

しばらくして、電話を終えたのり子はその場に座り込み、声を出さずに泣いた。

涙が涸れるのではないかと思う程、のり子はずっと泣いた。とき子は何も言わず、彼女の肩を抱いていた。

「あった。自動販売機だ。使えそうだ」

山岡は五人分のコーヒーを買って、四人の元へ行った。

「のり子、落ち着いた？　大丈夫？」

とき子が顔をのぞいて、言った。

のり子は、声を出せずにいたものの辛うじて頷いた。

そこへ山岡が来た。

「ホットコーヒー飲むと良いよ」

のり子は、目を赤くしながらも受け取って大事そうに手に持った。

しばらく、誰も何も言わずコーヒーを飲んでいた。

のり子が、ポツリポツリとまるで雨の降り始めのように言葉を搾り出すように話し始めた。

「いとこの男性が、海で自殺したの。崖から飛び降りたって。お母さんからだった」

そう言うと、のり子は意識を失った。

五人は、ひとまず、避難所へ行き、その日はコンサートをしなかった。

「のり子のこともあるし、今回はここで帰ろう。次回は、ここでまたミニコンサートをしよう」

山岡が言って、皆が納得した。

翌朝、のり子は痛む頭を持ち上げて起きてきた。

「のり子、大丈夫か？」

「一美、ごめんね」

「あ！　のり子だ。心配したよ」

一美ととき子だ。

「ボランティアの人の車を借りて、のり子を休ませてもらったよ。落ち着いたかい？」

山岡が言った。

今日は、十月二十一日だ。予定では、午前中にここでミニコンサートをして、夕方に帰ることになっていた。

「のり子、無理しないで」

とき子が、心配そうに言った。

「藤山の体調もあるし、無理はしたくない」

「そうだな。のり子、どうしたい？」

のり子は、下を向いていた。そして、口を開いた。

「私――」

しかし、次の言葉が出てこない。

「あ、あの――」

話そうとするが、言葉より先に出てくるのは涙だった。

「やめよう」

松田一美が言った。

「待って」

のり子が松田の服を引っ張って言った。

「私、やるから」

「のり子、無理しちゃだめだよ。今はゆっくり休もう」

とき子が言った。

「ううん。ただ、話を聞いてほしいの」

「良いよ。聞くよ」

山岡が言った。のり子は話し始めた。

「ついこの間、電話で話したの。お茶に行こうよ、いとこ皆で。こんなことになるなんて、信じられないわ。何かあったら話してと言ったのに」

「なあ、たとえどんなに心を開いていたとしても、心の奥底の方までは、開けない」

話を聞いていた、すぐるが言った。

「その人には、居場所がなかったんだな」

「え?」

一同はすぐるを見た。

「それって、どういうこと？」

のり子は、涙ながらに言った。

「恐らく、そのいとこの親は、自分が幼い頃に親から厳しい言葉を浴びせられ、苦しんでいた。反面教師として同じことはしないと、考えられれば良かったものの、それができずに、自分の子どもに対して自分がされたことをしてしまったのだと思う」

「そんな。酷いわ」

とき子が言った。

「考えてみろよ。たとえ、親がお前が全て悪い。お前のせいで自分がどれ程、苦しんでいるのか。お前のせいで、親から怒られた。などと言ったとしても、その親も一人の人間だ。だから完璧などではない。この機会に相手が誰であっても、言葉の使い方、相手を大切に思うことを、皆で考えていかないとな」

「すぐる、お前は…」

松田が言った。

「あれだけ殴られたんだ。頭が冷えたよ。それでも考え方が、今までのままなら何のために殴られたのか、分からないからな」

松田とすぐるは、笑っていた。

山岡が言った。

「すぐるの言葉に少し足すけれど―」

一同が振り向いた。

「人は年を重ねても、どこか未熟だ。自分の立場を考えず、議員バッチをつけたり自分が先輩だからと、善悪の区別なく、思ったことを言いたい放だい言って、自分の感性をコントロールできずにいる。そうして、人の命を奪って追い込んで。自分では何気なく言ったことを相手が深く受け止めて、関係が壊れてしまうこともある。勤勉でいること、親を大切にし、先祖に感謝することは、古い考え、ではなく、この先もずっと受けついでいかないとならない。今の世の中、こうした考えを持つ人が減っているんだ」

皆、無言で頷いた。

しばらくして、のり子が口を開いた。

「私は、小さい時によくサッカーボールをそのいとこと、お姉さんと一緒に蹴って遊んだわ。でも、私の記憶はここで止まってしまった」

そこで、松田が言った。

「生きていれば、思い出はたくさんつくられるけど、亡くなってしまったら、最後に話したり会ったりしたその瞬間で時間は止まる。それ以上はその相手と共有する時間やものはなくなるんだ」

のり子は両手で顔を覆った。

「彼の死に縛られて生きることは違う。だからといって、死を受け入れたくないとか、その人の事を忘れようとすればする程、余計に辛くなるだけだ。だから今は、たくさん泣いてやりなよ。そうしたら、きっと藤山の気持ちが届くはずさ。そのいとこにな。藤山が心の底から笑えるようになった時、心の中にいるいとこも、笑ってくれると思う」

とき子は、のり子の肩に手を置いた。のり子は、とき子の方を見て、大きく頷いた。

「あとは、藤山が自分で気持ちを切り替えていくしかない」

すぐるが言った。

「そんな。無理よ、こんな状況で」

とき子が反論した。

「だけれど……」

言いかけた、すぐるを山岡が手で止めた。

「確かに、すぐるの言うように周りがアドバイスしても、最後にどうするかは藤山が決めることだ。ただ、今の状況下ですぐるの言葉はきついよ」

「ごめん、藤山」

のり子は無言で首を横に振った。

すると、作田とき子が言った。

「実はね、私は阪神・淡路大震災でお父さんを亡くしているの」

「作田もか？　気のどくにな」

「え？」

「たーぼーも俺も、熊本や宮城で親や親類を亡くしているんだ」

松田が、静かに口を開いた。

「俺、二人の話を聞いてとんでもないことを言ったと、気が付いたんだ」

すぐるは、とき子の方を見て言った。

「皆、それぞれ色々な心の傷を持っているのね」

とき子は、のり子を見た。

「さぁ、藤山の気持ちが落ち着いたら音合わせといこう」

たーぼーが微笑んだ。

「有り難う。落ち着いたよ」

「のり子、大丈夫か？」

松田が、のり子の顔をのぞいた。

のり子は、ゆっくりと頷いた。

時刻は午後十二時になった。

避難所になった市民ホールには、人々で埋めつくされ、すぐるたちはどこに行こうかと考えていた。

松田が言った。

「立ったままで、弾こう。何なら、避難している人たちの、すぐ横で弾いたらどうだ？」

「それしかないな。うん。それでいこう」

「俺、皆に声をかける」

すぐるは、率先して言った。

「あ！　ずるいぞ。俺の役を取るな」

松田が笑いながら、すぐるの肩を軽くたたいた。

「松田、前はあんなにしどろもどろだったくせに」

たーぼーが笑った。

「うるせえよ」

松田が、不貞腐れながら言った。

「皆さん、これからとなりのトトロと、童謡のふるさとを弾こうと思います」

拍手が起きた。

するとその中から、二十代くらいの女性が言った。

「嵐のふるさとは弾かないの？　私、桜井君のファンなのに」

その言葉に、たーぼーが言った。

「申し訳ありません。今の僕たちが弾ける曲が、それ程ないです。でも、機会を作ってそうした曲も弾けたらと考えてはいます」

そうして、彼らはまさに人々の目の前で演奏した。特に、ふるさとでは目に涙を浮かべる人もいた。

「あ！」

今井がスマートフォンを見ていた。何と、一か所日ですぐるたちが演奏している姿を、誰かがSNSにアップして、流していた。

たまたま、今井がそれを見つけた。

今井は、急いでクーロンのもとへ行った。店は閉まっていたが、二階へ行く裏口を知っていて、そこへと行った。

ドンドンドン
チャイムは、鳴らせないため今井は扉をたたいた。

しばらくして、クーロンが出てきた。

「今井、怪我とかしてないか？」

「ああ。お前は？」

「俺は大丈夫だが、店の商品はけっこう壊れてな。修理していたところだ。上がるか？」

「あぁ。どうしても見せたいものがある」

「分かった。上がれよ」

中へ入ると今井がスマートフォンを見せながら言った。

「今スマートフォンを見ていたら、すぐるたちが演奏する映像がSNSに出ていたんだ」

「本当か？」

今井は、映像を見せた。

クーロンは、微笑んで言った。

「やっぱり、あの名器はすぐるが持つべきだったんだ。あの人の目は、間違ってなかったんだ」

「どうした？」

今井が不思議そうに聞いた。

「いや。何でもない」

「そうか」

二人は、黙って映像を見ていた。

演奏を終えた一行は、帰る準備を整えて田西川小学校へと向かった。

小学校へ着き、解散しようとした時のり子が言った。

「今日は、色々と有り難う。しばらくは、いとこの葬儀とかで落ち着かないけれど、また皆と演奏したいな」

「のり子、無理しないでね」

とき子が言った。

「松田、ちゃんと藤山を見てやれよ」

「分かっているよ」

「有り難う、一美」

こうして、それぞれ家に帰っていった。

自然災害の時、全ての人が避難所に入れるとは限らない。たとえば、怪我で手足が不自由な人、生まれつき病で生活が難しく車椅子を利用している人、精神疾患などで環境が変わると生活が難しい人などは、避難所での生活も難しく、たらい回しされてしまう。

彼らが演奏した市民ホールは、まさに障害のある人々を苦しめていた。

東日本大震災の時は、飼っているペットを連れての避難は、ペットたちのトイレなど衛生面や不安から吠える犬たちもいるため、泣く泣く別れなければならなかったり、牛などの家畜が野生化してしまうなどの問題が生まれた。

飼い主とはぐれ、無事に会えたペットたちはほとんどおらず野生化したり、保護団体によって引き取られることが多い。

「そういうことで、どうしても教えたくて来たんだ」

「そうか。有り難うな、今井」

「じゃあ、お互い頑張ろうな」

「あぁ。なあ今井？」

「どうした？」

「他の楽団員とは、連絡とれているか？」

「あぁ。でも、それぞれ大変みたいだ」

「そうだよな。でも、だからこそ何とかできないものか」

クーロンは、ため息まじりに言った。

「もし、また何人かと連絡を取ることがあったら一度どこかに集めてくれないか？」

「集めるって、どこに集めたら良いんだ？」

「すぐる達の演奏していた場所だ」

「分かった。けれど、どうしてだい？」

「まぁ、とりあえずな」

「はい」


社長からの頼みだったこともあり、仕事を引き受けた。

それから一か月、二か月と過ぎていった。

十二月も半ばに入った頃、思うように仕事ができない程、仕事量が増えていった。

片付けをしている途中、社長はすぐるに言った。

『今、セレモニースタッフの一人から話を聞きました。仕事もせず違う部署の人と話していたということです。もう上がって良いです。でも、残りはどうするのですか？　やるの？　やらないの？』

突然のことに、すぐるはあ然とした。

『どっち？　やるのか、やらないのか』

「や、やります」

『じゃあ任せるから。終わったら帰って良いです』

社長がその場から居なくなると、別な部署の人たちが話し始めた。

すぐるは不思議に思ったが、指示に従った。

「ようやく帰れた。ただいま、すみれ」

アパートに着いたのは夕方の五時だった。

「すみれ、こんなにティッシュを散らかして。カーテンも、下がこんなにボロボロだ。仕方ないな。一緒に遊んで、ご飯を食べよう」

すみれと遊びながらも、すぐるはなぜ自分があのストラディバリウスを、持つことになったのか気になっていた。しかし、クーロンは何かの時に話すと、はっきり言わなかった。

そうこうしている間に、仕事が再開した。

ある日、配膳作業の途中で社長に呼ばれ、すぐるは行った。

『もし、小林君さえ良ければ仕事量を増やしたいのですが。いかがですか？』

「はい。大丈夫です」

『前日に泊まられた、お客様の部屋の掃除とお焼香の掃除なのですが』

『人手不足で、小林が必死に入ってやっているのに。社長はこの状況、分かっているのかねぇ』

『まったくだ』

『ねぇ、小林君？』

すぐるは、声のした方を向いた。

「はい、何でしょう？」

『頑張りなさいね。気にすることないから』

「有り難うございます」

そのやり取りを見ていた人が一人居た。その部署の現場責任者、田辺である。

十二月二十日になった。小林すぐるは、今日で配膳スタッフを辞めることになった。このことは、彼が社長から怒鳴られた時にその様子を見ていた、違う部署の人たちにも伝わっていた。

作業を終え、厨房にあいさつへ行った。

『なあ、小林君と言ったか?』

大柄な男性が一人、すぐるに声をかけてきた。

「はい」

『厨房で働く気はあるか? 弁当を詰めるだけだから、つまらないだろうけど』

「え? あ—」

『ぶっちゃけた話、前の部署では使いものにならんと言われたんだろう?』

「はい」

『なら、うちで使う』

「は? え?」

すると奥から、すぐるに声をかけた女性がいた。

『田辺さんは、まじめに言っているよ』

すると田辺は言った。

『今日は、十二月二十日だ。少し考えてみてくれや』

「はい」

『気持ちが、かたまったら連絡くれ』

「はい」

すぐるは自宅に帰っていった。

去年の末にやるはずの演奏会は、地震で出来ないままでいた。


今日は、厨房から声をかけられて一週間後の十二月二十六日である。

「もしもし。小林ですが」

『あぁ。どうだ？　気持ちは固まったか？』

「はい。働きたいです」

『そうか。電話じゃなんだから、来てもらえないか？』

「今からですか？」

『あぁ。時間、あるかい？』

「はい。それでは、今から行きます」

すぐるは、電話を切ると仕度を始めた。仕事場に着き、改めて厨房の現場責任者である田辺と話をした。

『週にどのくらい出られそうだ？』

「四日です」

『収入はどのくらい欲しい？』

「二桁はいきたいです」

『うーん。そうか…』

しばらく間があって田辺は言った。

『分かった。でも、大丈夫かその細い体で』

「え？」

『あんな風に見えて、おばちゃん方はそうとう重たいものを運んでいるんだ。本当に大丈夫か？』

「はい」

『分かった。俺から上に言っておく。何か聞きたいことはあるか？』

「ズボンは、決められているものはありますか？」

すると田辺が一人を呼んだ。細田という女性である。

『初めまして。来てくれるんだね。宜しく』

「はい。宜しくお願いします」

『ズボンは、特別色や柄は決まっていないのだけど、洗い物で長靴を履くから裾が広がってないものが良いの』

「はい」

小林すぐるの次の仕事が始まった。

朝は六時半に仕事場に着き、靴を履き替えて控え室へ行き、エプロンと割烹着を着る。

厨房へ入り朝の挨拶をしたら、タオルを濡らして、おりく膳を作る。

『初めまして、小林君。早瀬です』

「宜しくお願いします」

『井上です、宜しくお願いします』

「宜しくお願いします、小林です」

『おりく膳の前に、手を洗って。制服に毛がついていると困るから、このコロコロで必ずきれいにしてね』

早瀬という女性は、テキパキと指示を出した。

『あと、マスクとビニール手袋はここ』

すぐるは、ウロウロしながらいた。すると細田という女性の声が飛んだ。

『聞きなさい。とにかく、分からないなら声出しなさい』

「は、はい」

すぐるのいるグループは、彼以外みんな女性という状況であった。

三月までは、見習期間をもらえた。しかし二月に入ってから、すぐるは思うような結果が出ずに悩んでいた。

社長の奥さんも手伝いに来ることがあり、彼は話を聞いてもらっていた。

ある日の朝、仕事場に着くとすぐるは注意を受けた。社長の奥さんに相談したことについてである。

『社長の奥さんに言ったって、普段からずっと一緒に居るわけでないのだから、言っても仕方ないじゃない。何かあれば私に言いなさい、分かった?』

「はい」

作業に入り、おりく膳を作った。

『次に千円のお弁当作って。煮物から順に詰めていって』

「はい」

その頃すぐるは、演奏の練習に身が入らずにいた。


「一美から、連絡が来ない。電話してもつながらない」

藤山のり子は泣きそうに、スマートフォンを握っていた。

一美の実家にも、連絡をしてみたが彼と連絡がとれないと言われた。

一美とは、言葉のすれ違いから喧嘩してしまった。謝りたくても連絡がつかなかった。

二人は、年の差が二回り以上も違い彼の方が年上だった。彼と連絡をとれなくなって、半年は経とうとしていた。

松田は、自分がたくさん病気を抱えていてこれから先、のり子を幸せにはできないことは分かっていた。だからこそ、冷たく付き離そうと考えた。

そうした思いに気が付かないのり子は、自宅の電話から彼の携帯電話に連絡をした。そしてつながった。

「松田一美さん？」

「ハイ」

「藤山です」

「ハイ」

「色々と、誤解を招いてごめんなさい」

「ハイ」

「もっと、しっかりするからつながりを切らないでほしい」

「ハイ」

「たくさん、病気を抱えているから心配しています」

「ハイ」

「それを伝えたくて」

「ハイ」

「失礼します」

今日は、令和二年四月四日だった。

夜勤明けの仕事をしている松田は、今朝の電話にイライラしていた。そのため、〝ハイ〟としか言わずにいた。

のり子も、彼の声のトーンですぐに状況を察したのか急いで電話を切った。

「すみません。大変な状況の中であることはお察ししますが、これから言う場所に集まって欲しいのですが」

今井は、楽団員の何人かと連絡を取っていた。中には、まともに動けないのに無茶なことをと言う人もいた。

それでも今井は、冷や汗をかきながら電話をかけ続けた。

そうして、三十名の楽団員のうち十五人が集まれることになった。

今井は、クーロンへ連絡を入れた。

電話を切った後、クーロンは微笑んだ。

「まだ避難している人もいて、復興とまではいっていない。しかし、今できることで皆が元気になるならば…」

クーロンは、一人言をいった。

彼の店は、まだ開ける状態ではなかった。なぜなら、店の商品の修理が終わっていなかったからだ。

すぐるは、背中に大きな岩でも背負ってきたかのように、疲れきって家に帰ってきた。

いつもなら、カーテンで遊ぶすみれも、彼の様子に気付いたのか、彼の足元から離れずにいた。

「すみれ、ごめん。今、ごはんの仕度をするから」

しかし、彼は部屋の電気もつけず床に座った。

「ミャー」

すみれの声で我に返った。

「あ！　ごはんだったな。ごめん」

すぐるは電気をつけ、カーテンを閉めるとキッチンへ行った。

翌日、すぐるは仕事が休みである。ベッドでゴロゴロしていたところに、電話が来た。

「はい。小林です」

電話の相手は、今井であった。

「小林君たちの演奏、すごかったですね」

「え？」

「知らないのですか？」

「はい」

「ＳＮＳで映像が流れていました」

「そ、そうなのですか？」

「それで、お願いがあるのですが」

「何ですか？」

「実は、ミニコンサートをしようと計画していて、その会場を小林君たちが演奏していた場所にしようと思います」

「いつですか？」

「一月の二十七日です。小林君たち以外にも十五人程、来る予定でいます」

「分かりました」

「小林君たちと一緒に演奏していた方々と、連絡はとれますか？」

「はい」

電話を切り終え、すぐるは改めてあのストラディバリウスを眺めた。

「どうして、このバイオリンが僕の手元に来たのだろう」

暫く考えたものの、答えは分からなかった。

それから、松田や作田に連絡を入れて全員に話がいった。皆、ＳＮＳで映像が流れていることなど、誰も知らなかったため驚いていた。

「さて、準備はできた。松田やたーぼーは飛行機のチケットは取れただろうか」

今日は十二月二十六日である。練習場所は本番と同じ田西川小学校の体育館だった。

午前十時、すぐるが学校へ着くと、すでに何人も来ていた。

「あ！　小林君」

作田とき子と藤山のり子が手を振っているのが見えた。

「松田たちは？」

「まだみたいなの」

のり子が言った。

練習は十時半からだった。あと十分で時間になる。

すると、遠くから走ってくる二人の姿が見えた。

「あー、着いた」

「皆、悪かったな。遅くなった」

松田とたーぼーが、息を切らしながら言った。

「二人ともどうしたの？」

とき子が言った。

「間違いなくバイオリンを二人分、他の人の荷物と預けたんだ。でも、たーぼーのバイオリンが無くて探していたんだ」

「ようやく見つけたら、違うレーンにあったんだ」

たーぼーが苦笑いして言った。

「ほら、もう皆が集まってる。行くよ」

すぐるが言った。

「えー、皆さん。今日は忙しい中でお集まり頂きまして、有り難うございます。本当は、震災から一年経った時に、ミニコンサートをする予定でしたができませんでした。改めて、来月にやります。どうかそのために、皆さんの協力をお願いします」

今井が一気に言った。そして、楽譜を配った。

「色々と悩んだのですが、童謡のふるさとと翼をくださいを弾こうと思います。それと、せっかくグループを作って演奏をしていますので、星空のオーケストラと名前をつけてみました。星空のように、何事にも動じずに演奏する姿を見せて欲しいと思いました」

その後、ふるさとを皆で弾いて音合わせをした。

『あ！　一歩出遅れた』

『ちょっとまって、ついて行けないわ』

周りから不安の声や戸惑いの声が出た。

「皆さん、一度演奏をストップしましょう」

今井が手を叩きながら言った。

「松田、どうする？」

たーぼーが言った。

「まいったな。自分たちだけでは、何とか音を合わせられたけれどな」

松田がため息交じりに言った。

「松田君、仕方のないことだよ」

作田とき子が言った。

「大勢と少人数では、周りの音を聞きとることで精一杯だし」

今井も困り果てていた。

すぐるがぽつりと言った。

「手拍子で感じをつかんだらどうかな？」

「そうか。それから楽器を弾いたら、良いかもな」

松田は今井に伝えた。

今井は、それを聞いて皆に言った。

何度かやっているうちに、手拍子が合ってきた。

「よし、このまま楽器でも同じように弾けたら」

今井は言った。

次の日も練習があったため、松田と山岡はどうにか、ホテルがとれたのでそこに泊まった。

翌朝、同じ十時半に練習をした。初めは、手拍子で音を合わせてその後に楽器を弾いてみた。しかし、どうも音が合わなかった。そのため、周りが焦り始めた。

「皆、ちょっとまってくれ」

松田が言った。

「風の動きで形を変える雲のように、皆の心もそんな状態なら聞いている皆の心に響く演奏にはならない。もっと星座のように腰を据えてないと。そう思わないか？」

その言葉に皆は黙った。

そうした様子を遠くから一人の人物が見ていた。クーロンだった。だが、彼は輪に入らずその場から離れた。


『皆さん。福島県内に私は来ています。見て下さい。これは汚染された土を、黒いビニールシートで包んでいるのですが、何とその置き場所が驚く場所です。住宅のすぐ横です。小学校も近くにあるようです』

すぐるは、携帯電話でニュースを見た。

皆で練習をしてから二週間が経っていた。

松田と山岡は、地元に戻りまた本番までは会えなかった。

「明日は仕事が休みだし、バイオリンのことを聞いてみるか」

すぐるは、バイオリンを見ていた。

「Hi、すぐる」

「こ、こんにちは」

どうにか店を開いたクーロンの元へすぐるは、すみれを連れて行った。

「How are you?」

「まあまあです」

「何かあったか？」

「あ、あの…」

「どうした？」

「バイオリン、どうしてストラディバリウスを僕にくれたのですか？」

一気にすぐるは言った。

クーロンは、微笑んでいた。

「いつになったら、聞いてくるかと思っていたんだ」

「え？」

「まぁ、座りなさい」

すぐるはクーロンが出してきた、椅子に座った。

「お前さんは、おやじさんのお父さんつまりおじいさんのことは何か、聞いているか？」

「いいえ」

「おじいさんが若い頃、山が一つ買える程のお金を持っていたらしい」

「らしいって…」

「おばあさんが話していたんだ」

「それでですか」

「あぁ。あの時代にしては、めずらしかったみたいだ。そして、おじいさんは音楽が好きだったから、楽器を買って音楽で家族を養おうとしたが、上手くはいかなかった。お前のおやじさんは、親のバイオリンを弾く姿が好きだった。そして、バイオリンに興味を持ち始めた。おやじさんが、あまりにも楽しそうに弾いていたので、おじいさんがそのまま譲ったんだ。そして、いつかお前さんにもこの楽しさを伝えようとしていた。しかし、バイオリンの弦は切れて修理しようにも手がつけられない程、費用は高い。家に置こうとしたが、お前さんの母親は音楽は嫌いだと、こんなゴミのようなものを置くなと言われたらしく、実家に置かせてもらっていた。

おじいさんやおばあさんも修理したかったようだが、修理してもお前さんに手渡すまで自分たちは生きていられない。だから、この店で預かってほしい。そして、お前さんに渡してほしいと言ってきたんだ」

「全然、知らなかった」

「実家に預けたものの、修理費用を稼ぐために必死に働いていた。その内に、精神的に苦しくなって亡くなったようだ」

「父さんが死んだことは、ばあちゃんから聞いていたけれど、細かいことは知らない」

「そうこうしていたら、おじいさんもおばあさんも亡くなるし。いつの間にか、お前さんの姿もなくなってな」

「でも、分からないのです。俺がいつ出所するかなんて、知らなかったはずです」

「すぐには、分からなかった。でもな、何回かお前さんがこの店の前を通りかかったのを見ていたり、お前のおばあさんが小さかったお前さんの写真を見せてくれたことがあってな。面影が残っていたから、分かったんだ」

「そうなんですか」

「壊れた楽器のことは、声を掛ける方法が思いつかなくてな」

すっかりと日も暮れた道を、すみれと帰っていった。

「さて、夕飯にするか」

お昼ご飯は、クーロンがスーパーで親子丼を買ってくれた。

夕食を食べながら、改めてバイオリンを眺めた。

クーロンは、すぐるにどのように声をかけたら良いか分からなかった。そのため、ある意味で賭けに出た。そして、見事にすぐるとバイオリンが出会った。

『こちらは、岩手県です。ラーメン店を営むご夫婦と少しお話をさせて頂きました。このお店は道路に面していますが、何とその店の駐車場に、土が高く盛られています。更にその土は固められ、お店はほとんど見えない状況です』

ラジオのニュースキャスターは言った。

この土は、放射性物質と普通の土を混ぜて再利用するということだ。その保管場所が無く、政府は住民と契約を交わして一定の時期まで置かせてもらえるようにと考えていた。時期が来たら、この土を移動させるということだった。しかし、いつまで経っても移動することはなかった。

「政府は、本当に人の命をどう考えているんだろう」

政府の恐ろしい部分が見え隠れしていた。

東日本大震災で、福島第一原発の事故後、北海道にある福島町は、差別の対象となり住民たちが困っていた。

「何とか、ミニコンサートを成功させる」

すぐるは思った。

今井は、松田に電話をした。

「今井です」

「こんにちは」

「この間の練習の時、助かりました。有り難うございます」

「いや。俺は偉そうなこと言えませんが、一つ感じたことがありました」

「何ですか？」

「俺は今、職探し中ですが警備員をしていた時にリーダーの人から言われたことを思い出したのです。それは、リーダーのように上に立つ人はどんな人でも使いこなせるようでないといけない。どんなに個性や癖が強い人がいてもということです」

「つまり、何を言おうとしているのですか？」

「指揮者もまた、どんな音であってもその音を拾い集めて一つの曲として、演奏者を引っ張って演奏できないとならないということです」

　松田の言葉に、今井は言葉を失った。

　しばらくして、今井が言った。

「一つ頼みがあります」

「何ですか？」

「コンサートマスターをして欲しいのです」

「俺がですか？」

　今度は、松田が言葉を失った。

　コンサートマスターとは、第二の指揮者と言われ、メインの指揮者に代わって演奏者をまとめる人のことである。

「練習の時、君の発言を聞いたり今のやりとりからそう感じたんだ」

「しかし…」

松田が言い終わらないうちに、今井が言った。

「頼みます」

しばらくの間の後で、松田が言った。

「分かりました」

その電話の後、今井はクーロンへ電話をした。

コンサートの指揮者のことだった。

「Ｈｅｌｌｏ、今井か。どうした？」

「実は、コンサートの指揮者を頼みたくて」

「俺にか？　お前がやれよ」

「いや、借りがあるからな」

「借りって？」

「ほら、仕事を探していた時に音楽に興味があるならって…」

「Ｉ　ａｍ　ｆｏｇｏｔ．忘れたよ、そんな昔のこと」

「まじめに言っているのか？」

電話ごしに、クーロンが鼻で笑っていることが分かった。どうやら、嘘のようだ。

「冗談だ、今井、忘れるわけないだろう」

「まったく。びっくりしたよ」

二人は笑った。

「だからクーロン、指揮者を頼むよ」

「お前は、それで良いのか？」

「初めから、頼むつもりでいたから」

「分かった。当日はやるよ」

「それから、弾く曲のことだけれど一曲といわず、童謡の他に何曲か混ぜてメドレーにしてみないか？」

「そうだな、幅広い年齢の人がいるわけだからな」

「今度、そっちへ行って良いか？」

「店の二階か？　Ｏ・Ｋ」


二日後、今井はクーロンの店の二階に行った。

今井はあれから、何曲か楽譜を選んで持っていった。

二人は夕方までかかって曲順を考えた。一曲一曲の音の低さから、次の曲へ移る時に違和感なくできるようにするためだ。

「できた―」

「Ｆｉｎｉｓｈ！　あー、疲れた」

「後はクーロン、皆にメールしよう」

本番は、一週間後に迫っていた。

「クーロン、指揮棒を渡しておく」

「今井、サンクス」

いよいよ、本番を迎えた。

「すみれ、おはよう。ご飯だよ」

すっかり大きくなったすみれは、すぐるの出したご飯皿に顔を入れ、必死に食べ始めていた。

「松田、起きているか？」

「あぁ。おはよう」

「おはよう。寝れたか？」

「まあな」

「何だ、緊張しているのか？　大丈夫だ」

たーぼーの言葉に、松田は苦笑いした。

「コンビニで、朝ご飯を買っていこう」

松田の言葉にたーぼーは、同意した。

「もしもし、のり子？　準備できている？」

「おはよう。大丈夫よ、ありがとう」

作田とき子は、電話していた。

天気は晴れていて、空はいつものように青く澄みきっていた。

これまでの練習してきた力を出す時がきていた。

「おい、すぐる」

すぐるは、声のする方を見た。たーぼーと松田だ。

「早いな、二人とも」

「そんなことないさ」

「二人とも、どこに泊まったんだ？」

「近くのホテルにな」

たーぼーが言った。

「晴れて良かったな」

たーぼーが続けて言った。

そこへ、作田とき子と藤山のり子が来た。

「おはよう、皆」

とき子だ。

のり子は、息を切らして来た。

「のり子、大丈夫だからな」

「ありがとう、松田君」

「皆さん、集まって下さい」

今井が叫んでいた。

「急ごう」

松田の一言で、皆が走っていった。

今井のもとへ集まり、それぞれパイプ椅子に座った。

今井が避難所の人々に言った。

「これからミニコンサートをします。プロではないですが、一生懸命練習してきました。宜しくお願いします」

今井の言葉に、拍手が鳴り響いた。今井が続けて言った。

「童謡やジブリの音楽などをメドレーで弾いていきます」

またもや拍手が鳴った。

すると突然、今井がその場所から離れた。

松田たちは、何が起きたか分からなかった。そこへ現れたのは、クーロン松尾だった。

これにすぐるは驚いた。

指揮棒を持ち、皆の前に立ったクーロンとすぐるは一瞬目が合い、クーロンは微笑んだ。

すぐるが何か言いかけたとたん、クーロンは指揮棒を振り、演奏が始まった。

演奏が終わると、拍手が鳴りやまなかった。

そこへ一人の年配の男性がやってきた。

『お前さんたちは、どうして演奏をしておるのじゃ？』

松田が答えた。

「俺たちは、家族や友人を東日本大震災や熊本での地震などで亡くしています。だからこそ、何とかして元気になってほしいと思ったからです」

たーぼーも続いた。

「刃で自分の強さや地位を示して、時代を築き上げていったこともある。でも、俺たちは音楽で時代を築きあげていこうと考えています」

「皆さん――」

今井が口を開いた。

「地震で家族や友人が亡くなって、生きていても意味があるのかと、思うことがあるでしょう。でも、忘れないで下さい。生きていれば、必ず誰かが自分の姿を見ていてくれるのですから。だから、生き続けて下さい」

今井の言葉に拍手をする者、涙を流す者もいた。

クーロンは、黙って微笑んだ。

演奏後の片付けをしている時、すぐるはクーロンに話しかけた。

「何故、指揮者をしたのですか？　俺はてっきり今井さんだと――」

「今井から連絡を受けてな。どうしても、俺に指揮をしてくれと」

「え？」

「あいつは、刑務所を出てから働く場所を探していた。だが、思うようなところがなかったんだ。それで、もし音楽に興味があるならと声をかけて、楽器の修理を手伝わせたんだ」

「あの、楽器店ですか？」

「あぁ。それで、あいつは借りができたからそれを返したいと言った。指揮者は、その借りを返すためだったようだ」

すぐるたちがミニコンサートを行った、前の年、二〇一九年一月時点で仮設住宅に住む人々は四千人もいた。

また、肺炎で死亡した方がいたがこれは道内初の災害関連死と認定された。

すぐるが帰り道に、皆に言った。

「なぁ。俺たちはこれで終わるのか？」

「終わるって？」

すぐるの問いに松田が聞いた。

「つながりだよ」

「お前、寂しいのか？」

松田がにやけて言った。

「ちげーよ。誰が寂しいって」

その言葉を聞いた、たーぼーが言った。

「音楽を続けている限り、どこかで会える」

「そうよ、小林君。大丈夫よ」

そんな様子を、今井とクーロンが眺めていた。

こうして、ミニコンサートは終了した。

コンサートから一か月が経った。

すぐるは、何気に携帯電話のニュースを見ていた。

そこには、里塚地区で八割もの住宅が地震の被害で傾いていた。しかし、周辺で工事が行われていたこともあり、札幌市は原因の追及につとめるとした。

また、札幌のマンションの一つでは建てている際にブラックアウトに見舞われ、それからは蓄電池をつけた。

北海道ガスのエネルギー開発部では、胆振東部地震から、自分たちで電気を作り出して周辺に電気が作れないか試みている。札幌の中央体育館でも、電気を作り出すやり方を考えていた。

さらには、ブラックアウトを通じて北本連携線では九〇万ワットの電気を作れるようになった。石狩湾新興では、発電所を三基作って苫東厚真火力発電所と連携して、電気を作れるよう計画している。

「皆、色々と考えているんだな」

すみれを撫でながら、すぐるは言った。

そこへ、すぐるの携帯が鳴った。ＮＰＯ法人の岩田からだった。

「小林君、コンサートお疲れ様でした。よい演奏でしたよ」

「え？　見に来ていたのですか？」

「ＴＶのニュースを見ました」

「そうでしたか」

「その後、いかがですか？」

「実は、コロナウイルスの影響があって仕事を辞めてしまいました」

「そうでしたか。心配はしていたので、お電話しました」

「有り難うございます」

「いえ。それで、今後はどうしていく予定ですか？」

「再就職の支援かなにかあればと、探していまして」

「わかりました。動きがありましたら、連絡を下さい」

「有り難うございます」

二〇二〇年二月、ダイアモンド・プリンセス号にて、コロナウイルス感染者が出た。

その後、国内はもちろん海外にまで広まりを見せた。

電気が使えるって、当たり前にいたけれどこんなにも、無いことが不便だとは思わなかったし、働けることが有り難いと思わなかった。

すぐるは、すみれに朝ご飯を用意していた。

コンサートを終え、松田・たーぼーは地元へ帰った。皆それぞれ、普段の生活に戻っていった。


「久しぶりだな」

すぐるは、すみれとクーロンの店にいた。

彼がたまたま店の前を通りかかった時、クーロンが店の中で手招きしていた。

「なぁ、お前さんはニュースは見るか？」

「はい。地震の時から見るようにしてます」

「もう、地震から二年も経つな」

「はい」

「ある、自動車整備会社員の五十代の男性は仮設住宅を出て、災害公営住宅へ移るようだ。自宅は倒壊して同居していた親を亡くしたんだとか」

「へえー」

「苫小牧へ移ろうと考えたけれど、親と暮らした土地を離れたくないと、厚真で暮らすことを選んだ」

「どこか別の仮設住宅に、その男性はいたのですか？」

「いや。厚真町で暮らしていて、そこの仮設住宅だった」

「へぇー」

「男性は、親の分まで生きようと強く思っているようだ」

そう言って、クーロンは、店の奥から新聞を持ってきた。


「あ！」

すぐるは、新聞を読んでいて声を上げた。

「What happened？」

「このタイ焼き店の人、ニュースで見ました。確か、新聞配達の人ですよね」

「ムカワ竜の型が、地震の時に壊れた。だから、ししゃもの型を使ってタイ焼きを作ったんだ」

「プレハブ小屋で、また作り始めたんだ。凄いな」

「災害で色んなものを無くして、大切な人を亡くしてきた。きっと皆、それぞれ途方に暮れていただろうな。でも、一人一人が前を向いて前へ進もうとしている」

「そこへ、コロナウイルスが広まった」

「すぐる。お前さんは孤独の中にある強さを知っているか？」

「何ですか、それは」

「誰からも認められない、誰とも分かち合えない中において、自分を信じる強さのことをいうんだ」

すぐるはどこか腑に落ちない顔をした。

「どうした?」

「えーっと…」

「孤独を知っているからこそ、分かることもある。痛みや苦しみとか」

「痛みや苦しみを知ると、どうなるのですか?　何かが変わるのですか?」

「優しくなれる」

クーロンは目を細めながら言った。

そしてクーロンは続けた。

「痛みや辛さを知る人は男性女性に関係なく、優しさと強さを持っている。強さとは、力の強い弱いではなく、窮地に立たされた時に前を向いていけることだ」

「なるほど」

「優しさは、相手の立場に立って物事を考えたり、アドバイスしたりできることだと俺は思う」

すぐるは家に戻り、すみれにご飯を出しながら、クーロンの話やたーぼーたちの話、クーロンが見せてくれた新聞のことを思い出していた。

「もしもし、のり子？」

作田とき子は、のり子と電話で話していた。

「どうしたの？」

「葬儀も終わった頃かと思ってね。体調はどう？」

「有り難う。少し疲れたかな」

「私も、おばあちゃんを看取ったからね」

「え？」

「同居していた、お父さんの方のおばあちゃんだよ。あと、お母さんの方のおじいちゃんもね」

「いつ？」

「おじいちゃんは、十年以上になるしおばあちゃんでも八年にはなるよ」

「そっか。ごめんね、悲しいことを思い出させたね」

「大丈夫だよ。今日、電話したのは理由があるの。あのね、亡くなった人を思い出すと悲しくなるよね」

「うん」

「でも、ただ悲しんでばかりいても何も変わらない。だから、その人の生き方や教えてもらったことは何かを思い出してみて。例えば子育てとか、私はしたことないけれど思春期はどうしても、自我といって自分の考え方が一歩ずつ大人の考え方になっていって、親と似たようになることがあるの。でも、親にもプライドがあるよね。するとプライドがぶつかる。プライドやそれぞれの考えがぶつかったとしても、どこかで折れる必要がお互いにあるんじゃないかと思うの。だって折れないまま親が自分の考えを通してしまうと、ただのけんかになることもある」

「難しいわね」

「ごめん。私は、母とその時にけんかになって、おばあちゃんに間に立ってもらってそのけんかが収まったの。それ程、母との仲が悪かった時があったのよ」

「そうなの？」

「うん、そうなの」

「それでいつも、とき子は考え方がしっかりしているのね」

「照れるから、もう」

二人は笑った。

とき子は話を続けた。

「残された者は、亡くなった人の生き方からヒントを見つけるの。良いと思ったことは自分の中に取り入れてみて」

「うん」

「その死をどうしていくかは、残された人にかかってくるの。私は、おばあちゃんが元気だった時、何も手伝えなかった。だから、生きていく中で、おばあちゃんの後ろ姿から学んできたことを、思い出していくことが、今の私ができる、おばあちゃんへの恩返しだと思う」

「そうだね」

とき子の言葉に、のり子は言った。

「あびら海浜（はままつり）だって？　こんなお祭りがあるんだ。でも、コロナで中止か。地元の人も、残念がっているよな」

今日は日曜日で仕事が休みだった。たーぼーはパソコンで、厚真町のホームページを見ていた。復興の様子が知りたかったのだ。そんな時ふと、この記事を目にした。

「あびら夏！　うまかまつりだ。メロンの早食いかー。俺、たくさん食べることなら負けないんだけどな。おっと、のり子に怒られるよな」

松田は、携帯電話のニュースを見ていた。

皆それぞれが、地震とコロナに向き合っていた。

東日本の時もそうであるが、自然災害の後の町全体の様子は災害前と比べて風景が一変してしまう。起きた出来事を受け入れるというのは、並大抵のことではない。

また、人間は忘れてしまうことが多いために、記憶を残そうとする。しかし、人によってはどうしても、辛すぎて苦しむ人もいる。


「どうした、すぐる？」

「ちょっと聞きたいことがあって…」

すぐるは、松田に電話していた。

「ミニコンサートの時、松田が家族を自然災害で亡くしたと言ったから、そのことで」

「そのことか」

「あ、別に話したくないなら構わない」

「別に問題ないよ。どうした？」

「街全体の様子、かなり変わったのか？」

「あぁ。あの災害で街全体が変わらない方が変だよ。寂しいような悲しいような」

「そうか」

「たーぼーも、その部分は同じだな」

「その部分って？」

「街全体の様子も一変しちまったのと、複雑な思いの部分だよ。昨日まで、一緒の時間を過ごしていた人たちが突然、命を落とすから」

すぐるはしばらく、黙ったままだった。

「ところで、すぐるはどうしてこんな電話をしてきたんだ？　俺に殴られて、どこかがおかしくなったか？」

松田はけらけらと笑った。

「ち、違う」

すぐるは力いっぱい否定した。

「じゃあ、どうしてだ？」

「ニュースで、厚真町の風景が変わったのを見て松田やたーぼーは、どんな感じだったのか聞きたかったから」

「まぁ、今話をした通りだ」

「そうなんだな」

すぐるは、松田の言葉にそうかと言う以外に言葉が見つからなかった。

そんな時、松田が言った。

「でも、災害があってからは考えるようになったよ、皆」

「考えるようになった？」

「あぁ。備品や寝袋、災害マップとか」

「そういえば、今回の北海道の地震で食料品も、ずいぶんと種類が増えたかもしれない」

「ましてや、東北の地震ははんぱな規模じゃないからな。見えない物質や風評被害との戦いが今も続いてる」

「そこに、コロナウイルスが広まっている」

「あぁ」

「なあ、松田」

「どうした？」

「今の俺らにできることないか？」

「今回ばかりは、ボランティアも地元の住民に限定されているし…」

二人は考え始めた。

しばらくして、松田が言った。

「すぐる、少し時間をくれるか？」

「あぁ、良いけれど。どうするんだ？」

「また、連絡するから」

「分かった」

松田は電話を切ると、たーぼーに電話をした。

時刻は、午後八時を過ぎていた。

「どうした、松田？」

「悪いな、夜に」

「びっくりしたよ。何かあったのか?」

「コンサートをまた、やってみないか?」

「何を言ってるんだ? コロナで、外出自粛だって言われて、俺だってようやく働いているんだ。お前だってそうじゃないか?」

たーぼーの、相変わらず短気な部分は変わっていなかった。

「落ち着けって」

「どう落ち着けっていうんだ」

「話を聞いてくれ」

松田が言うには、リモートで演奏ができないかということであった。

「でもよ、松田。時差とか大丈夫なのか?」

「お前、外国じゃないだろう」

「悪い。言い方が良くなかった。リモートでやると、音がズレると思う」

「でも、それしかないだろう」

松田の言葉を、たーぼーは考えていた。

ちょうど、会社の会議をリモートでやるようになっていたのを、松田がニュースを見て思いついたのだ。

「分かった。松田の言うようにやってみる」

「有り難う。日時はまた決めよう」

翌朝、松田はすぐるに電話を入れた。

「連絡、有り難う。分かった。でも、リモートとか、やり方が分からない」

「大丈夫だ。たーぼーも、手伝ってくれると言っていたから」

すぐるは、松田からの連絡を作田とき子に入れた。

「分かった。のり子にも伝えてみるから」

「頼む。日時は決まったら知らせる」

その後、しばらくは松田からの連絡がなかった。

「たーぼーが手伝ってくれるって、言っていたけれど何も言ってこない。どうなっているんだ」

すぐるは、新しい仕事に就くためにアルバイト雑誌を眺めていた。

楽器店のシャッターは開いていたが、クーロンの姿が見えなかった。

中に入ると、来客を知らせるチャイムが鳴った。しかし、クーロンは現れない。

すると、天井から物音が聞こえてきた。どうやら二階にいるようだ。二階へ行くには、一度店を出なければならない。すぐるは、店を出て、外階段を上がった。そして、チャイムを鳴らした。

「Ｈｅｌｌｏ！　どうした、すぐる？」

「店、チャイムをつけたんですね。今まで鳴らなかったから、びっくりしました」

「防犯でな。鳴ったら、二階にいても分かるようになってる」

「でも、気がつかなかったじゃないですか」

「Ｓｏｒｒｙ．許してくれ。それよりどうしたんだ？　チャイムの話をしに来たのか？」

「いいえ。松田が、同じミニコンサート仲間から、リモートでもう一度ミニコンサートをしないかと言われました」

「今井から聞いている」

「でも俺、リモートができる機械とか無いから」

「それなら大丈夫だ」

「え？」

「今、俺がどうして二階を片付けてるか分かるか？」

「いえ」

「リモートができるよう、場所をつくっているんだ。今井は、リモートの機械を持ってきてくれる。窓も開けられるから、問題もないだろう」

「でも、近所迷惑じゃないですか」

「今井の話の後、近所中やら交番のお巡りさんにチラシを配ってきた」

「えー？　交番にもですか？」

「最初は渋い顔をしていたよ、お巡りさん」

「それはそうですよ。わざわざ法を犯すわけですから」

「だから俺、言ったんだ」

「何をですか?」

「お巡りさんにこの場所をかためて欲しいとね。つまり、厳戒態勢の中でやらせて欲しいって」

すぐるは、開いた口が塞がらなかった。この人は、ただ者ではないとさえ感じた。近所中だけでなく、お巡りさんまで巻き込むなんて。

「な?　それならどうかと思ったんだ」


二〇二〇年五月、すぐるとクーロン・松田とたーぼーはそれぞれお店や自宅からリモートで参加した。作田とき子と藤山のり子は、田西川小学校の校舎にいた。

すぐるは作田とき子に連絡をとった時、リモートの機械がないことを聞いていた。そこでクーロンに相談したところ、クーロンが田西川小学校の校長に、話してくれたのだ。校長も彼らの話を理解して、パソコンやリモートの機械に加えて教室まで提供してくれた。

「皆、元気だった?」

作田とき子が言った。

「のり子、元気そうだな。良かった」

松田だ。

「今井、映像の編集とSNSでの拡散、頼んだよ」

「任せておけ」

ここでも彼らの弾く曲は、ミニコンサートの時の曲だった。

リモートでのミニコンサートを終え、すぐるたちはまたいつもの日常に戻っていた。

すぐるは、再就職のための勉強会に参加していた。

測量の仕事・介護の仕事・客室清掃などジャンルは様々だった。

そこですぐるは、客室清掃に応募してみることにした。

しかし、一か月も経たないうちにコロナウイルスが広まり、仕事が無くなった。

それから五か月程経ったある日、違うホテルの客室清掃が決まった。


「あれ？　何だろう」

すぐるは、携帯電話のニュースを見た。そこには、地元住民限定のお祭りの様子だった。

すぐるたちが、リモートで行ったミニコンサートの様子に影響を受けた人々が、街を元気にしようとお祭りを開催したのだ。

ミニコンサートを終え、すぐるは客室清掃の仕事で試用期間中だった。

週に三日の希望で働いていた。今日から五日程休みになった。

「作田とき子からメールだ」

すぐるはメールを読んだ。田西川小学校の教室を借りて、作田とき子と藤山のり子がリモート演奏をした後、校長先生から音楽の授業に参加してもらえないかと言われたという内容だった。

「どうしよう。誰に相談したら良いのか。それと、もし授業に参加となってもコロナウイルスのため直接は行けないわけだし」

すぐるは作田にメールをして、少し返事を待ってもらった。

彼女も理解した。

その後すぐるは、クーロンや松田たちに話をした。

「すぐる、慎重に答えを出さないとな」

松田と電話をしていた。

「でも、クーロンは何事もためらうと良くない。だから、挑戦したら良いと言うんだ」

「クーロンの言うのも、間違いはない。けれど、俺たちは人に教えるだけの力が有るだろうか」

松田の言葉に、すぐるは答えられずにいた。確かに人に教えることは、ほぼ完全に理解していないとできない。それができないなら断るしかない。

沈黙を破ったのは松田だ。

「いつまでに返事をしたら良い？」

「すぐではないみたいだ」

「それでも、あまり遅くならないようにしないとな。一週間以内に答えを出そう。お前もそれまでに答えを考えておけよ」

「あぁ」

すぐるは電話を切った。

松田は、たーぼーに電話をした。

「すぐるにも言ったけど、人に教えられるだけのものを、俺らが持ってないしそんな中でこの話を受けるのはどうよ」

「確かにな。でも、校長先生はミニコンサートの様子を知って、声をかけてくれたんだろう？」

「あぁ、そうだ」

「それなら、引き受けても良いんじゃないのか？」

「はぁ？」

そう言ったきり、松田は言葉を失った。

かくして、すぐるたちは田西川小学校の音楽の授業に、リモートで参加することとなった。

二〇二一年五月中旬、リモートで彼らは小学校の教室の一つを借りて、その教室と音楽室をつないだ。

教室内は赤いテープが二メートル置きに張られておりテープに沿うように椅子が並べられていた。

彼らが座ると校長先生が言った。

『では、音楽室とつなぎます』

画面には、大勢の生徒が映っていた。

校長先生が続けて言った。

『皆さん、見えて聞こえていますか？　星空のオーケストラの楽団員です』

パラパラと拍手が聞こえてきた。

「おい、松田。何か言ったらどうだ？」

たーぼーだ。

「み、皆さん。こんにちは」

しどろもどろに、松田が言った。

「松田、何も緊張しなくたって良いじゃないか」

横で、すぐるが笑った。

「仕方ないだろう」

松田は、平気な表情で話そうと必死になっていた。

「では、地震の後に行ったミニコンサートの曲を弾きたいと思います」

たーぼーが言った。

「お前が最初から話せよ、まったく」

「ねえ、聞こえているわ。皆が笑ってる」

二人の漫才を見ていた、とき子が言った。

すぐるたちは、ミニコンサートの時に弾いた曲から三曲選んで弾いた。時間的なものもあり、三曲に限定した。

その後、生徒たちから質問を受けた。それぞれが、どうしてその楽器で演奏をしているのかそのきっかけについてやら、中にはいつ頃CDを出したり音楽配信するのかなど、すぐるたちが答えに困るものまで、たくさんの質問が出た。

授業を終え、校長先生が彼らを玄関まで送った。

すぐるたちが外に出ると、頭上から何やら生徒たちの声がした。

音楽室の窓から、たくさんの生徒が手を振っていた。

帰り際、すぐるは松田やたーぼーに言った。

「よく、北海道に来られたな。コロナ禍なのに」

「あぁ。授業の話を聞いて、すぐに簡易のPCR検査を受けに行ったんだ」

たーぼーが言った。

「もう俺、並ぶの嫌だったよ」

松田が呆れて言った。

「仕方ないよ。ＰＣＲ検査を受けられる人は、一握りしかいないから」

たーぼーが、松田をなだめた。

「いずれは、全国で検査が受けられるようになるのよね？」

とき子だ。

「だろうね」

たーぼーが答えた。

「けれど、ひどい話も出てるよな。住んでいる地域から違う地域に移動しただけで、行った先の人から非難を受けた人がいたよな」

松田がぽつりと言った。

「知ってる。確か去年のことよね」

のり子が言った。

「旅行とかではなく、法事であっても住んでいる場所から離れることさえ出来ないのか」

すぐるが言った。

「コロナの怖ろしさよね。ここまで人の心を変えるなんて」

とき子が感慨深げに言った。

「その地域住人にしてみたら、コロナを広げたくないという思いもあるのかもしれない」

たーぼーが言った。

その日の夜、すぐるは夕食を食べながらコンサートの様子を思い出していた。

コンサートを見に来ていた人々の不安と悲しみの入り混じった表情は何とも言えない。

「大切な人を失うって、どれ程までに辛く苦しいものなのだろう。それも年を経て亡くなるのではなく震災という、自然の力によって奪われていく命なんて」

すぐるは、ご飯を食べるすみれを見ながら言った。

そうして、夜が更けていった。

翌朝、仕事が休みだったすぐるはすみれとクーロンの店を訪れた。

「Ｈｅｌｌｏ！」

クーロンは、おだやかな表情だった。店の楽器の修理が終わったようで、楽器が壁に取りつけてあった。

「修理、終わったんですね」

「あぁ。元気か？」

「はい」

「今日はどうした？」

「新聞が読みたくて。携帯電話のニュースだけでなく、色んな情報を見たいです」

「良いだろう。少し待っててくれ」

クーロンは、店の奥へ行った。

新聞をもらうと、すぐるは地震後の被災地の記事を探した。その後の様子を知りたかったのだ。

そこには、安平道の駅の様子が出ていた。むかわで発見された、カムイサウルス・ジャポニスク（通称むかわ竜）のレプリカが道の駅で展示されたという内容だった。

食い入るように、新聞を読むすぐるにクーロンが言った。

「被災から何年経とうと、心の傷は消えてなくならない。だが、それでも前を向いて人は生きようともがく」

クーロンの言葉に、すぐるは新聞から顔を上げた。

クーロンは、楽器の音合わせをしていた。

「どのようにしたら、人々の心は復興するか分からないです」

「何が正しくて、何が間違っているか。その答えは誰も分からない」

「貴方でさえも？」

「あぁ。そうだ。だから、自分たちで行動を起こし、生きる中で探し続けるのだ」

すみれは、店の窓に上がり外を眺めていた。まるで、すみれもまた何かを探すかのように。

新聞を読み進めると、一軒の稲作農家の記事があった。その男性は二十五歳で祖父の水田を受け継ぎ、本格的に乗り出した矢先に地震が起きた。水田も土で埋まり、納屋も押し流された。

すぐるは、胸が詰まる思いでいた。そして最初にミニコンサートをした時、目に涙をためていた人々の顔を思い出していた。

クーロンは、素知らぬ振りをしながらもすぐるの様子を黙って見ていた。

帰宅したすぐるは、すみれにご飯をやっていた。

すみれがご飯を食べている間、すぐるは部屋のカーテンを開け、空を眺めていた。そして、地震後二日目の夜の空の暗さを思い出していた。電気がなく、不便に思ったこと、その一方で無傷で生きていられたこと。そして今井の〝生きていれば、必ず見ていてくれる人がいる〟という言葉を思い出していた。

東日本大震災から十一年、そして胆振東部地震から四年が経った。未曾有の地震にブラックアウト。北海道民にとっては、他人事のように思っていたことがまさに自分たちの身に起きてしまった。札幌市では、この地震から学んだことを教訓として、持ち運び可能な発電機の配備、地震被害想定、マニュアルの見直しなどを進めてきた。

福島県など五県からは、輸入を停止していた台湾へ、十一年ぶりに米の輸出再開へとこぎ出した。三陸道沿線には、水産物流拠点を集めた。二〇一一年の十二月に、三陸道は全線で開通した。気仙沼では、輸送時間が短くなり、処理できる魚も増えた。各港の水産物を集めて、海外へ輸出している。

被災して、心に深く苦しい傷を残した若者の中には、看護師を目指そうという人や介護で人の心に寄り添いたいと考える人もたくさん見られた。

そうして、わずかではあるが彼らが前を向いて歩み始めていた矢先、二〇二二年三月十六日午後十一時半頃、再び東北に地震が来てしまった。震度六強という激しい揺れに、サイレンが街に響いた。街のあちらこちらでは外壁がはがれ、スーパーやコンビニでは商品が散乱した。沿岸の石巻市では、高台への避難を呼びかけるアナウンスが流れて、津波注意報も発令された。

東京都内でも震度四の地震で停電になり、タクシーを待つ人の長い列ができた。

翌日、宮城県で地震の揺れにより脱線した東北新幹線の車両のニュースが、新聞やＴＶなどで流れた。

すぐるは、楽器店にいた。すみれも一緒だった。

「もう俺、地震のニュースを見るたびに他人事とは思えないです」

クーロンは何も言わなかった。そして、ただ楽器の修理をしながらも、目を細めながら微笑んだ。

「俺、もっとバイオリンが弾けるように勉強したい。音楽で人の心を元気にしたい」

しばらくの間、何も言わずにいたクーロンが口を開いた。

「自分でそう決めたなら、そうしたら良い。だが、自分で決めた事には責任がついてくるし、失敗しても誰も責められないリスクもついてくる。それを忘れるなよ」

「はい。せっかくバイオリンを修理してくれて、オーケストラのメンバーにしてくれたのも何かの縁です」

「他のメンバーとは、今でもやり取りしているのか？」

「はい。作田とき子は、アルバイトをしてドイツ留学すると言っていました」

「ドイツは音楽家の街だし、ベートーベンもその一人だな」

「そうですね。藤山のり子は、父親がパティシエの修業でフランスに行くことになって、母親と共に行くそうです。向こうでも音楽の勉強は続けるようです」

「そうかい。お前さんは、海外に行く予定はないのか？」

「俺、英語は全く分からないし、話せませんから。ただ…」

「ただ？」

「登別に行ってアルバイトしてみようかと考えています。家賃や光熱費、食費は無料でホテルのホールスタッフとか―」

するとクーロンは笑いながら言った。

「無料ほど、高くて怖いものはないぞ」

「え？」

「いや、何でもない。お前さんが決めたなら、俺は応援しているから。何でもやってみると良い」

「はい」

「どの位の期間、登別に居るんだ？」

「二か月です」

「あっという間だぞ」

「そうですか？」

「そうだ。あっという間だ」

「えー？　あ！」

「どうした？」

「俺、ロシアに留学しようと思う。まだ先のことですけれど」

「ロシアか。またどうして？」

「作田とき子は、ドイツに留学すると言っていましたし、ドイツは音楽の街なんですよね？　ロシアにだって、有名な音楽家とかいますよね？」

「あぁ。チャイコフスキーだったな。クルミ割り人形は有名だな」

「さすがは、楽器店の店主ですね」

「よせ、よせ。大したことは言ってない」

「そんなことないです」

二人は笑いあった。

「でも良い事じゃないか。目標ができたお前さんの目は、初めて会った時よりも輝いている」

「本当ですか？」

「本当だ。今のお前さんの様子を、おやじさんやおじいさん、おばあさんに見せられないことが残念だな」

クーロンがどこか悲し気な表情で言った。

すみれは、窓の日の当たる場所を見つけて丸くなっていた。

二〇二二年八月中旬、すぐるは登別に来ていた。すみれは、クーロンに預けていた。ほぼ毎日、仕事をもらえていたし、社員食堂も利用していた。札幌の仕事は休んで来た。

そうして、十月中旬に札幌に戻ってきた。

仕事では、何となく気になる女性もいた。職人気質でサッパリした性格だった。すぐるが帰る日の朝、電話が鳴った。彼女からだった。彼女は結婚していることを話してくれた。しかし、彼女もまたすぐるのことを異性として気になっていたことや、周りに知られることが恥ずかしかったことも話してくれた。

今後、その彼女はアメリカのホテルでホールスタッフをしながら、企業経営にも加わるということだった。

すぐるはショックを隠せなかった。そんな彼の思いに気が付いた彼女は言った。

「地元で頑張って下さい」

彼女は二回も言った。

電話を終え、部屋をあけ渡し帰りのバスを待っていた。その間、少し時間があったので
すぐるはホールの裏口へと向かった。

入口に着くと、彼女は片付けを終えて掃除していた。すぐるに気が付くと彼女は近くまで来た。

二人は見つめ合った。本当は抱き締めたかった。しかし、お互いにしなかった。その代わりいつまでも見つめ合っていた。特別、何かを話すこともなく。

そして、彼女はくるりと向きを変えて掃除し始めた。すぐるも、バスの時刻が近づいていた。


登別から帰って一か月程たったある日、すぐるは楽器店に行った。

「すぐるか。入りなさい」

クーロンは、手招きした。

店の椅子に座ったすぐるは、何も言わずにいた。

「久し振りだな。元気だったか？」

その問いに、すぐるはすぐに答えなかったが、少しして口を開いた。

「俺、札幌を離れて思ったことがあります」

「どうした?」

「俺、一つの仕事場で長く働いたことなくて、いつもすぐに辞めたり辞めさせられました。でも、今回は違いました」

「どういうことだ?」

「もう帰るのか? もう少し居てくれよって、言ってくれる人が何人もいました。初めてです、こんな風に言ってくれて」

「そうか。良かったじゃないか」

「はい」

すぐるは続けて言った。

「それから、コロナが広がっている中で、仕事があって働けることが、どれほど有り難いかを感じました」

「そうか。成長しているな、お前さんは」

「そうでしょうか」

「何を不安に思うんだ。大丈夫、少しずつ成長していっている。登別に行ったことで気持ちが変わっていったんだ。そこで出会った人たちのおかげだな」

すぐるは、黙って頷いた。

それから冬を迎えたある日の午後、すぐるの携帯電話が鳴った。たーぼーだった。

「すぐる、元気か？」

「あぁ。途中、登別にアルバイトに行っていた」

「本当か？　凄いじゃないか」

「いやいや。ところで、何かあったのか？」

「そうだった。年が明けて三月に入れば、東日本大震災から十二年になるなと思って」

「そういえば、前に新聞に載っていた」

「あぁ。十二年も経つのか、十二年前で時が止まってしまったという表現が合っているのか」

「震災の時期が近づくと、テレビや新聞で報道される。けれど、一定の期間が過ぎるとその報道はなくなる」

「思い出したくないのかもしれない。でも、忘れた頃に目に見える形で災害は起きる」

「目に見えるって、それじゃあ普段は？」

「はっきりと、目に見えてなくても自然災害は起きている」

「具体的には？」

「俺は、生物学者とかではないからな。詳しくは言えないが、深海の生物とかは人が感じられない小さな揺れとか、感じていたりするんじゃないか？　あとは、プレートのずれとかは、はっきりと目に見えているかと言われたら見えてなかったりする」

「そうですね」

「まあ、いずれにしても自然災害とは死ぬまで付き合わないとならない」

「その中で、どう生活していくかが重要ですね」

「あぁ。だから、以前に起きた災害を教訓にしないとならない」

「ダンボールベッドもそうですよね」

「そうだ。だが、改善できていない部分もある」

「例えば何ですか？」

「車椅子生活の人や電動ベッドでの生活の人にとって、ダンボールベッドが快適かと言えばそうではない」

「確かにそうですよね。電動ベッドを使って体を起こしたり、体をあずけている人にとってダンボールベッドにそうした機能はないのだから」

「寝たきりになり、体の向きが変えられないと床ずれができてしまう」

「床ずれって何ですか？」

「皮膚が弱くなって、体に穴があくものだ」

「穴？」

すぐるは、すぐに想像できなかった。

「痛い？」

「痛いと思うな。床ずれは人にだけ起こる訳でなく犬や猫もそうだ」

「なるほど」

「年齢が上がると、皮膚に栄養がいかなくなってしまう。すると、シーツのしわに体が当たっても皮膚がめくれて穴があいてしまう」

「色々と知っているな」

「まあな。突然、すまないな。何となく電話してみたんだ」

「そうか」

「それじゃあ、またな」

電話を切った後、すぐるは楽器店へと行った。

「すぐるか。どうした？　店はもう閉める」

しかし、何かを感じたクーロンはすぐるを中に入れ、店の奥へと行った。戻ってきたクーロンは、何やら手に持っていた。野菜だった。

「どうしたんですか、その野菜は？」

「近所でもらってな。どうだ、今夜は一緒にカレーでも食べないか？」

「え？　いきなり、どうしたんです？」

「嫌か？」

「嬉しいですけれど」

「それなら決まりだ。食べて帰ると良い」

「有り難うございます」

「猫には、ゆでたブロッコリーでもどうだろう？　普段は、キャットフードが多いのか？」

「ええ。でも食べるでしょうか？」

そうして、その日は二人と一匹で店の二階で夕食を食べた。

すみれは最初、ブロッコリーを不思議そうに見たり匂いをかいでいたが、一口また一口と食べ始めた。

「すみれ、今日はブロッコリーが食べられたけれど、いつも食べられると思うなよ」

すぐるの様子を見て、クーロンは微笑んでいた。

「ところで、何かあったのか？」

「あ！　そうでした。実は――」

たーぼーからの電話について話した。

「そうだな。東日本大震災から十二年だったたな」

「ええ。電話の中で時間が経つと起きた震災の話はしなくなってしまう。北海道の地震も時間と共に忘れてしまうのでしょうか？」

クーロンは腕を組んで目をつぶった。

しばらくしてクーロンは言った。

「そうだよな。だが、忘れたくてそうするというよりも、思い出すことが辛くて無理に忘れようとする場合もある」

今度はすぐるが腕を組んで目をつぶった。

「とりあえずは、帰って寝た方が良い。もう真っ暗だから」

「そうですね」

「気をつけて帰るんだよ。猫は暗闇でも平気だが、人間はそういかない」

「はい」

「また、別な日でも良いから話そう」

「そうですね。夕食、ごちそう様でした」

家に着いたすぐるは、そのままベッドに横になった。

そして、たーぼーとの電話やクーロンとのやり取りを思い出していた。

そして、ミニコンサートに来ていた人たちやニュースに取り上げられた人たちのことを考えていた。彼らは、この地震についてこの先も意識して生活していくのか、それとも悲しい出来事に蓋をするようにひっそりと忘れようとするのか。

翌日、すぐるは松田に電話をした。しかし仕事中だったのか、つながらなかった。


次の日の昼頃、すぐるの電話が鳴った。

「すぐる、昨日はすまん。病院に行っていたから」

「誰か病気なのか?」

「いや、俺自身の病院だ。大したことない」

「本当か？」

「あぁ。それよりどうした？」

「松田は、震災の記憶を思い出しているのか、それとも忘れたり忘れようとしているのかを聞きたくて」

「どういうことだ？」

すぐるは、たーぼーとの電話について話をした。

「思い出すと辛いことは、忘れてしまいたいと思うこともある。でも、たーぼーの言うように死ぬまで自然災害とは付き合わないとならない。まあ、俺はその震災から何が学べるかを考えるな。お前はどうだ？」

「俺はまあな」

と言ったきり、すぐるは何も言えないでいた。

しばらくして、すぐるは言った。

「俺も、同じ意見だ。自然災害から学べることを探すよ」

「だがな、すぐる」

松田が言った。

「皆が皆、自然災害と向き合おうという人ばかりではない。災害関連死で亡くなったり、PTSDを発症した人もいる」

「ＰＴＡ？」

「ＰＴＳＤだ」

「俺、英語は分からないです」

「自然災害や戦争、事故や事件で心に深い傷を負って、眠れなくなったり不自然な行動を起こしたりして、普通に日常生活がおくれなくなる病気だ」

たーぼーといい、松田といい二人とも病気などに詳しく、すぐるは置いてきぼりであった。

「そうなんだ。その病気になると、前向きに生きようとはなれないな」

「そうなんだ。俺の周りでもそういう人は、多いみたいだ」

松田の話を聞き、すぐるは言葉が見つからなかった。

電話を切った後、すぐるはベッドに横になって天井を見ていた。

突然、彼のお腹に何かが〝ストン〟と乗ってきた。すみれだった。

「ごめん。ご飯の時間だった。用意するよ」

すみれにご飯をあげると、彼はまたベッドに横になった。


二〇二三年三月十一日が来た。テレビや新聞などでは、東日本大震災から十二年経つという記事やニュースがたくさん出ていた。

この日を迎えるたびに、被災地の人は何を思い、どのようにこの日と向き合うのだろうか。

いつだったか、クーロンは言っていた。

〝人は必ず前を向くのだ〟と。

それからしばらくして、すぐるはまた登別に仕事に来ていた。

大型連休での勤務を終えたある休みに、すぐるは温泉街を歩いていた。

歩きながら何気なく彼は思った。

〝胆振東部地震で、この温泉街はどんな表情を見せていたのだろう〟

寮に戻ったすぐるは、楽団のメンバーのことを考えていた。

「札幌に戻ったら、たーぼーたちに連絡入れてみるか」

すぐるの働いていた場所は、温泉施設のレストランで普通の会社で働くような時間とは違っていたのだ。

すぐるは、登別市内での仕事は今回が二回目であった。

たーぼーや松田たちとの出会いを経て、改めて来た登別の風景は、すぐるの目に少し違うものを見せていたようだった。

そうしている内に、任期満了日が近づいてきた。

「おい、すぐる」

一人の派遣スタッフが、すぐるに声をかけてきた。このスタッフは、彼がホテルに来た頃に既に仕事していた。

「何ですか？」

「インスタントコーヒーって、どうやって作る？」

「え？　一体どうしてですか？」

「いいから、答えてみろよ」

「コーヒーカップに粉を入れて、お湯や水を入れますが、それが何かありますか？」

「いいか。お前はそのコーヒーの粉のようになれ」

「え？」

すぐるは、話がいまいち見えなかった。

「水やお湯は何の味もない。だがその粉を入れるとコーヒーになる。お前は、仕事場の雰囲気を変えるだけの力があると、正社員が話していたのを聞いた。期待されているな」

「はぁ」

いよいよ退寮の日が来た。すぐるは、事前に帰りのバスを予約していた。

部屋のチェックをしてもらい、バス乗り場へ行ってバスに乗った。

すぐるが、このホテルで働いて一か月になる頃、一人の女の子が社員食堂に一人でいて そこへすぐるが行った。何度か会っている中で彼女が、自分に好意があることを知った。

しかし、すぐるの内心は穏やかではなかった。

〝一体、いつから俺の中の歯車がくるい出したのか。彼女と初めて会った時からだろうか。それとも、一緒に働くようになってからだろうか。しかし、俺には別な彼女がいる。どんなに思ってくれていても、どうにもならない。俺は、遠くから見ているしかできない〟

彼女とは結局、退寮の前日に食堂の近くで会ったのが最後だった。

食事を終えて食堂から、寮へ戻る途中で彼女と会った。

彼女は、泣きそうな気持ちを抑えることに必死だった。

すぐるは、走り出したバスの車内で彼女の表情を思い出していた。

〝思い出したところで、何かができるわけではない〟

すぐるは、首を左右に振った。


登別から戻り、一か月が経つ頃にすぐるは松田に電話した。

「久し振りだな。元気か？」

「あぁ」

そう言うと、すぐるは少し黙った。

「どうした？」

「色々あってさ」

「ずっと、札幌にいたのか？」

「いや。登別で仕事していた」

「そうか。それで何か悩みか？」

「正社員で働かないかと言われたんだ」

「良かったじゃないか」

すぐるが電話をする横で、すみれは日なたぼっこをしながら、あくびをしていた。

「それで、何を悩んでいるんだ？」

「派遣スタッフなら、責任もそれ程なくても正社員ともなると伸しかかる責任も、当然それなりだろうしな」

松田はすぐに話さなかった。

しばらくして、松田は話し出した。

「なぁ。最初から完璧に出来る人などいないんだ。出来ないと思ったら出来ない。出来ると思ったら出来る。失敗したら、どうしたら良いか頭を使ってみる。今、その場所で勉強したら、どこへ行っても仕事できる。そうは思わないか？」

「確かにな」

「それなら、問題解決じゃないか」

「そうでもないんだ」

「まだあるのか？」

「俺を好きだという、別の女の子が出てきたんだ。でも、付き合っている人がいるからと言ったら、凹んで仕事中は目も合わさなくなって」

「お前は、いつからそんなにモテるようなったんだ。俺にコツを教えてくれ」

松田は大笑いした。

「頼むから、まじめに聞いてくれよ」

松田は、まだ笑っていた。

「分かった。もう切る」

すぐるの声に、ようやく松田は笑うのをやめた。

「悪かった。でも、仕方ないよな。それで、彼女とはそのままなのか？」

「少しずつは、気まずいのも直っていった」

「なら、解決したじゃないか」

「あぁ。ただ、最後に会った時にその女の子は泣きそうだった。その顔は、今でも忘れていない」

「何だ。どっちも、未練たっぷりじゃないのか。それじゃあだめだ」

松田の言葉に、すぐるは何も言えなくなった。

「まぁ、仕方ないよな。二兎追う者は一兎も得ずというし」

すぐるは、まだ何も言えずにいた。松田は続けて言った。

「元気出せよ。いずれ時間が解決する」

「あぁ」

松田の言葉に、そう返事することで精一杯だった。

「じゃあ、またな」

その言葉で、すぐるは我に返った。

「松田、ちょっと待った」

「どうした？　まだ何かあるのか？」

「あぁ。こっちが本題だ」

「何だよ。先に言えよ、まったく」

「悪かった。実はミニコンサートについてだ」

すぐるは、ミニコンサートをもう一度やれないかと話した。

「そうだな。作田や藤山が海外に行くならばその前にやらないとな」

しばらく、松田は何も言わなかった。

「分かった。たーぼーにも聞いてみる」

「頼む」

「了解。じゃあ、今度こそ本当に電話を切るからな」

電話を切ってから、すぐるは夕食を食べて寝た。

次の日、すぐるは楽器店へ行った。すみれも久し振りに一緒に行った。

「Ｈｅｌｌｏ．今日はどうした？」

「実は、ミニコンサートをもう一度やろうかと考えていて。また協力してもらえないかと思って」

「そうか」

クーロンは、楽器の修理をしていた。

「作田とき子や藤山のり子が、海外に行くことになっていて、その前に何とかミニコンサートをすることが出来たら、思い出にもなるかと思って」

「そうだな」

クーロンは、楽器を見ながら言った。そして、何気なく楽器をカウンターに置くと店の奥へ行った。

そして、手に新聞の切り抜きを何枚か持って戻ってきた。

彼は何も言わず、すぐるに渡した。そこには奥尻島での震災について書かれていた。

震災当初は、リヤカーに人を乗せて高台まで行っていたが、次第にそうした人材も年をとったり、地元を離れるなどして今では老々介護ならぬ老々支援となっているとのことであった。

東日本大震災もそうであるが、この奥尻の震災も語りべ隊がいた。語りべ隊とは、その震災や戦争などについてどのような経緯で出来事があったのかを後世に伝えていく人のことである。

広島、長崎でもこの語りべ隊はいるもののスタッフの年齢層も高く、少しずつ語り手が衰退していっている。

新聞を見ながら、すぐるはいずれ胆振東部地震もまた、住人の高齢化と共に忘れ去られてしまうのではないかと感じた。

新聞は、奥尻のものだけでなく東日本大震災のものもあった。震災から十二年と題されたものだった。

いつだったか、松田とやり取りしたことがあった。

陸に打ち上げられた〝第18共徳丸〟という漁船を保存するかどうかのアンケートで、七割近くは、震災で家族を亡くし心に傷をおったという理由で保存は必要ないと撤去を行った。

松田は、十二年も経ったと考えるか十二年を迎えても何も変わっていないと考えるかは人それぞれだし、無理をして辛い記憶を忘れようとしている人もいるし、忘れないように後世に伝えようとしている人もいることを話していた。

この他に、奥さんが勤める七十七銀行女川支店が津波にのまれ行方不明となった。奥さんを捜すため、未経験からダイバーの訓練を重ね潜水士の資格を取った男性の記事があった。

〝帰りたい〟そう打ったメールの後、連絡が途切れた。

助産師の道を目指す二十三歳の女性は、小学五年生の時に母親を津波で亡くした。

〝帰ったらプレゼントがあるから、楽しみにしていてね〟という言葉が最後となった。

その後、母親の骨の一部が見つかった。

すぐるは、祖父母とのやり取りを思い出していた。

人見知りだった彼を、辛抱強く見守ってくれた。

最後の言葉は無かったが、事件を起こす前の彼の心を照らすわずかな光であったことは間違いなかった。

すぐるは、次の日に松田に電話した。

「どうしたんだ、すぐる?」

「実は、気になることがあった」

すぐるは、楽器店で読んだ新聞のことを話した。

「最後の言葉か。そうだなぁ」

松田は感慨深気に言った。

「いつも通りだったと思うな」

「そうなのか?」

「あぁ。でも、まさかそれが最後だなんて誰も思わない」

「そうだよな」

「なあ、すぐる」

「何だ?」

「いつも会う人やいつもあるもの、電気やガス、水道などが必ずいつもそうであると思わない方が良い」

「どういうことだ？」

「人の命もものも全て、限りがある。そしていつどこで、突然なくなってしまうか分からない。だから今、自分の目の前にいる人やものがいつも居たりあるとは限らない。だからこそ感謝しないと」

その日の夜、すぐるはなかなか寝つけられず天井を見ていた。

そして、すみれを撫でながら考えていた。

「すみれが人間ならば何を言うだろう。幸せだと感じているだろうか」

そんなことを考えていると、いつの間にか寝ていた。

すぐるは今後のことを決めた。ミニコンサートを終えてから、また派遣で働こうと。そして、すぐるの心にはある思いもあった。松田とのやり取りであった。最後の言葉を残し、亡くなっていった人たちと、残された人たちが見えない糸でつながれるような、ミニコンサートにしたい。

それから一週間後に、松田から電話があった。

「俺、ミニコンサートが終わってからまた働くよ」

「すぐる、正社員なんて誰でもなれる訳ではない。本当に良いのか？」

「あぁ」

「お前が自分で決めたことだし、周りがどうこうは言えないからな」

「有り難う、受け止めてくれて」

「とりあえず、年内にはやろうかと話をしている」

「たーぼーと？」

「あぁ。年明けだと忙しいと思うからな、二人とも」

「そうだな」

そして、すぐるは松田とのやり取りから感じたミニコンサートへの思いを伝えた。

「そうか。良いんじゃないか？　お前がそのように感じたなら、その思いを音で伝えたら良い」

そうして、五人の会える日を考えて十一月中旬にした。

その頃、クーロンは今井と連絡を取り合っていた。

「それじゃあ今井、そういう訳で頼んだ」

「了解。集められるか、連絡を入れてみる」

二人が何をしているかというと、オーケストラとして地震前に共演していた、すぐる達以外のメンバーへの声かけだった。

すぐるの話の後で、クーロンは考えていたのだ。

クーロンの頼みに、今井もすぐに快く返事をした。

しかし、何人か電話をするものの簡単ではなかった。身内を亡くし、心の傷が消えずに苦しむ人も楽団員にはいたのだ。もちろん、今井もテレビのニュースを見ていたので、彼らの気持ちはいくらか分かる。

「どうしたら良いのか」

それでも今井は、何人もに電話を掛け続けた。そうしている内に、今井の思いも通じたらしく、一人また一人とミニコンサートに出る人たちが現れてきた。

「もしもし、たーぼーかい？」

すぐるは、電話していた。

「どうした？」

「俺さ、今回のミニコンサートで亡くなった人と残された人とが、見えない糸でつながれるようなコンサートにしたいんだ」

すぐるは、松田との電話でのやり取りを話した。

「そうか」

たーぼーは、そう言った。彼はそれだけしか言わなかったが声色はどこか嬉しそうであった。

すぐるにも、その思いが伝わった。

「それじゃあな、たーぼー」

「あぁ」

二人は電話を切った。

その頃、クーロンが今井に電話をかけていた。

「実はな。すぐると話をすることがあったんだが、今回のミニコンサートにテーマを付けようと思う」

「テーマ?」

今井は、クーロンの意図が分からないでいた。

「そうだ。テーマは心のＬｉｇｈｔだ」

「Ｌｉｇｈｔ?　それって、明かりのことだよな?」

「明かりというか、もっと何かあるだろう?　心に光をともすような感じだ」

「あ!　燈火か」

「そうだ。それだよ。時々、日本語が出てこなくてな」

「何年、日本に住んでいるの?　僕とも付き合いが長いというのに」

クーロンは、今井の言葉に苦笑いした。

「心の燈火か」

「音楽が心に、小さな明かりとなってそれが人々の生きる何かになればと思ってな。すぐると話していたんだ」

「なるほど。すてきだな」

本番当日まで、あと一か月となった。それぞれが、準備に取りかかった。

松田とたーぼーは、飛行機のチケットの予約をしていた。

すぐるは、クーロンの店に何回も行った。

「すぐる、気合が入っているな」

「そうですか？」

すぐるは、楽器店の二階にいた。ミニコンサート当日まで二週間となっていた。つまり全体練習も、残りの二週間の中で行わなければならなかった。

すぐるは、松田やたーぼーたち以外に楽団員が来るとは知ることもなかった。

彼は、楽器店の二階で練習していた。その時、携帯電話が鳴った。

すぐるの携帯電話だった。

「はい、小林です」

「今井です」

「あ。お久し振りです」

「元気でしたか？」

「はい。どうされたのですか？」

「十一月十五日に、田西川小学校でミニコンサートをするのですよね？」

「ええ。でも——」

すぐるは次の言葉が出てこなかった。なぜなら、松田やたーぼーと作田とき子と藤山のり子とクーロンにしか話していなかった。

「あの、えっと」

すぐるの様子を察した今井は言った。

「とにかく、来週とその次の週で全体練習をします。場所もこの小学校です。時間は今日中にまた連絡します」

「分かりました」

半ば、今井の言葉に押し切られたようだ。

電話を切って、彼は辺りを見た。クーロンを探していた。

「もしかして、クーロンが伝えたのかな？」

そのクーロンは、一階で楽器の修理をしていた。

すぐるが下へ行くと、彼が作業していた。

「どうした？　練習は終わったのか？」

「はい。あの、今井さんから連絡があって全体練習の話をしていました」

「そうか。俺が話をしたんだ」

クーロンの言葉を、すぐるは不思議に思った。

クーロンが今井に伝えた理由は、教えてもらえなかった。仕方なく、すぐるはそのままアパートに戻った。

すると、今井から連絡が入った。

「はい。十一月十五日の午前十時に、小学校に集合ですね」

「それで、他のメンバーにも伝えてもらえますか？」

「分かりました」

この時もまだ、クーロンの考えが分からなかった。

今井にでも聞こうかと迷ったが、松田やたーぼーへの連絡を優先させた。

すぐるはまず、松田に連絡した。

「分かった。でも、クーロンは何を考えている？」

すぐるは、クーロンが今井に何かを伝えたことや自分にこうして松田たちに、連絡することを話して聞かせた。

「俺もたーぼーも、チケットは取れたから」

「チケットって？」

「あのなぁ。飛行機のチケットに決まっているだろう。あと休みもな」

「あ！」

「しっかりしろよな、すぐる」

「悪い、悪い」

松田の言葉に、ひや汗をかいた。

「たーぼーやのり子には、俺から伝える」

「作田には俺から伝えるよ」

「頼むな」

そうして、練習日を迎えた。

この日、クーロンは店に居たので今井が指揮をすることになった。

何も知らないまま、すぐる達は小学校へと行った。

小学校の門を通って中へ一歩入ると、すぐるは驚いて立ち止まった。

「おい。すぐる、何やってる？」

松田が、すぐるにぶつかりそうになった。

振り返ったすぐるを、松田は見た。そしてすぐるから目を離して、グラウンドを見た。

「何てこった」

そう。そこには、一番最初に練習していた時に居た人たちがいた。彼らがまさか、ミニコンサートに来ているとは、すぐるはもちろんのこと、松田やたーぼー達も知らなかったのだ。

「皆さん、お久し振りですね」

今井が、すぐるや松田の姿を見て走ってきた。

「今井さん、一体これは？」

たーぼーが聞いた。

「集まってもらいました。ただ、全員とまではいかなかったのですが」

「俺たち、全然知らなかった」

松田は、さっきから目を大きく見開いて言った。

すぐるは、声にならない声を出していた。

「とにかく、来て下さい。もうすぐ練習を始めます」

今井に連れられて、彼らは行った。

「では皆さん。とは言っても来られなかった方々もいますが、ミニコンサートの練習を行います。その前に、二つお伝えします。まず練習日ですが遠方の方もいるので、今日十月十日と明日十一日の二日間となります。もう一つは、本番は十月十八日となります。それでは始めます。曲は、事前に伝えた通りでジブリから一曲、ディズニーから一曲、童謡から一曲の三曲をメドレーで弾きます」

そうして、全体練習が始まった。松田がすかさず、全体をまとめた。

「松田さん、助かります」

「いえいえ」

その横で、すぐるが何やら言っていた。

「おい、すぐる。お前、さっきから何をぶつぶつ言っている？」

「いや、別に」

「改めて何があったか聞かないけれど、こんなに天気がいいのに、暗くなっていると心の中のドロドロが、全て周りに丸見えだぞ。それを感じたら、良いメロディーも出せないだろう。そう思わないか？」

「まあ。そうだな」

たーぼーが、すぐるとやり取りしていた。

そこへ、松田が加わった。

「とにかく、太陽も出ていることだし、心のドロドロを干して来い。そして、すっきりさせろ」

「あぁ」

すぐるは、松田とたーぼーに言われて一団から離れて一人になった。

今は、十五分という短い休憩時間だった。目を閉じて何回か深呼吸をした。すぐるは、亡くなった人と、残された人とがつながる音楽がしたいと、松田やたーぼーに言ったものの、納得のいくような音が出せているのかと不安になっていた。

そして、彼はゆっくりと目を開いた。

すぐるは、覚悟を決めた。本番まで日にちがたくさんある訳ではない。それに、練習日も限られていた。

「ここで、悩んでいられない」

そこへ、たーぼーが声をかけた。

「時間だぞ。練習が始まる」

「あぁ」

二人は、また一団のいる所へ行った。

それぞれが席に座り、今井が皆の前に立った。ざわついた雰囲気が、がらりと変わって張り詰めた雰囲気になった。グラウンドに居るはずなのに、風さえも吹くことをやめてまるでコンサートホールの中に居るような、そんな雰囲気になった。

今井が指揮棒を振った。

久し振りに、それぞれが会ったとは思えない程、音が重なった。皆、それぞれに思うことはあったはずだ。しかし、それでもこうしてまた音楽と向き合おうとして、集まってきたのだ。

一通り演奏が終わった。

すぐるは、皆の表情を見渡した。すっきりとした表情をする人もいれば、そうでない人もいた。

今井の方を見た。彼もまた、心に引っ掛かるような何かがあるのか、すっきりとしない表情を浮かべていた。

「今日の練習はここまでにしましょう。明日もここで練習です。時間も同じです」

皆がバラバラと席を離れた。そして、すぐる達と今井が残った。

「小林君達、何かありましたか？」

今井が側に来た。

「音は、きれいに重なってはいました。しかし、弾き終えた後にすっきりとしませんでした」

すぐるは、険しい表情をしていた。

今井は黙って頷いた。そして、松田の方を見て言った。

「松田さんは確か、コンサートマスターでしたよね？」

「は、はい」

「どのように感じていましたか？」

「そうですね、うーん」

松田は腕を組んで、言葉を探していた。

「迷いだと感じました」

「迷い？」

「はい。ここに集まった人たちの中には、家族を亡くされた方もいます。そんな中で音楽をしても良いのかと考える人もいると思います」

松田の話を聞いていた、全員が目を見開いた。

「そうか。それだ」

今井が納得して言った。

その後、それぞれがホテルや自宅に戻っていった。

翌日、小学校のグラウンドで練習が始まった。

音の重なり具合は、昨日と変わらないように感じた。

一通り弾き終えてから、今井が言った。

「実は昨日、皆さんの弾いている様子を見て感じました。ご家族やご友人を亡くされて、本当に辛いかと思います。そうした中で、私の呼びかけで集まって下さって、大変有り難うございます。辛い時に、音楽と向き合えない方もいるかと思います。今回のミニコンサートは、亡くなられた方と残された皆様方を音楽でつなぐことをテーマにしています」

今井の言葉に、一斉にどよめいた。

今井に続いて、松田が話し始めた。

「俺の親父は、大工をしています。普段は、一般の家しか建てることはないですが、熊本地震の時、親父はボランティアで熊本城の建て直しに加わるために行きました。しかし、ここまで動こうとするのには、訳があるのです。俺のお袋と妹が亡くなりました。お袋は親父が家を建てた話を聞くことが大好きでした。だからこそ、立ち上がったのです。家や城の建設に加わることで、お袋や妹とつながれるのではないかと考えました」

松田の話に、皆がハッとした。松田は続けた。

「もちろん、すぐに元気になれた訳ではないです。俺の弾いていたバイオリンも、親父は好きで聞かせてほしいと言われました」

今井がまた話し始めた。

「残された皆さん方の心の中に、ご家族やご友人は生きています。そして、皆さんの演奏を聞いているでしょう。迷いや不安な気持ちを持つよりも全力で演奏しましょう」

今井と松田の話を聞いた後、楽団員たちの表情が、まるで氷が少しずつ溶けて地面が顔を出すように、固くなった心が温かくなって笑顔が現れ始めた。

今井が言った。

「それでは、二日間お疲れ様でした。後は各自で練習をして十月十八日に、この校庭で昨日や今日と同じ時間までに来て下さい」

今井の話が終わり、皆が帰っていった。

時刻は、午後四時を回っていた。

「さて、俺らも帰ろう」

松田が言った。

「うん。次に皆と会ったら、それが最後なのね」

藤山のり子が、寂しそうにしていた。

「のり子、電話でいつも話しているだろう」

松田が、のり子の頭を撫でた。

だが、のり子の気持ちも分かるのだ。ミニコンサートが終われば、のり子もとき子も海外に行くのだ。松田も決断を下さなければならない。こんな病気がちな体の自分といつまでも、付き合っていくことは彼女のためにはならないのだ。

松田は、なるべくのり子に気付かれないように平気な顔をしていた。


それぞれが、残りの期間に練習をしていよいよ本番当日を迎えた。

開始の一時間前から、ぞくぞくと楽団員たちは集まっていた。

集合場所に着くと、人々は驚きの表情を隠せなかった。その理由は、巨大なテントにステージまでグラウンドに建ててあったからだ。

ミニコンサートを聞きつけた住人たちが、建設スタッフに頼んでいたようだ。

これには、すぐる達も開いた口が塞がらなかった。

「よく、こうしたステージを作ってくれたよな」

松田が言った。

「一生の思い出になりそうね」

とき子は、のり子と手を取り合って喜んでいた。

「学校側もよく許可してくれたな」

たーぼーも、嬉しさを隠しきれなかった。

時刻は、午前十一時になった。

今井から事前に指定された位置に、それぞれが着いた。

天気は晴れていたが、やや冷たい気温だった。

今井が出てきた。

「皆さん、寒い中でお集まり頂きまして有り難うございます。そして、こんなにもりっぱなステージまで作って頂きまして、大変有り難うございます。考えてみますと、奥尻での地震や東日本大震災では、地震や津波だけでなく、火災でも多くの方が亡くなられていました。今回の胆振東部地震では、火災と原発の事故がありませんでした。そうした部分でわずかではありますが、被害は違っていたと思います。しかし、ブラックアウトになったことや家の下敷きになって人々が亡くなったことには変わりません。亡くなられた人々と今ここに居る皆さんがつながるようなコンサートにしたいと思います。微力ながら、この音楽で少しでも明るい気持ちになってもらえるようにしたいです」

今井の話の後、たくさんの拍手があちらこちらから聞こえてきた。

拍手が終わると、今井に代わってクーロンが指揮棒を持って出てきた。

観客に一礼をして、すぐる達の方を見た。

クーロンが、一同を見渡して指揮棒を構えた。

ミニコンサートが開幕した。

今まで何度か弾いてきた曲はもちろん、クラシックも交ぜた。

最後は、さくらさくらを弾き皆で合唱をした。明るい未来を思い描く意味で、この曲を合唱しようと、クーロンと今井が考えた。

ミニコンサートは、無事に終わった。

しかし、松田の気持ちは、複雑だった。そう、藤山のり子とのことだ。

ミニコンサートが終わったということは、彼女が海外へ行ってしまい、すぐに会うことは難しい。自分の年齢を考えたら、離れることが最も良いことではあった。

「そうだ。のり子とは離れた方が良い」

松田は自宅アパートで一人考えていた。

「のり子は泣くと思う。でも、彼女のことが大好きだからこそ、そうすることが必要だ」

もう、松田の心に迷いはなかった。そして、彼女に電話をした。

ミニコンサートから、一か月後のことであった。

「もしもし」

「のり子か？」

「一美。元気だった？」

「あぁ」

「どうしたの？」

「のり子、別れよう」

「え？」

のり子は、話の前後が見えずにいた。

しばらく、二人とも何も言わなかった。

長い沈黙の後、小雨が降り出すようにポツリポツリとのり子は話し出した。

「一美、嘘よね？　何かあったの？」

一美は一言も話そうとしなかった。

「一美、何か言って」

のり子は、泣きながら言った。

彼はようやく話し始めた。

「ミニコンサートが終わったら、離れるつもりだった。年齢や自分の体のことを考えたら、その方が良いと思った」

「私が、海外に行くからではないの？」

「それは違う」

彼は、すぐに反論した。だが、本音は彼女が海外に行くと、すぐに会えないからであった。

また、二人は黙ってしまった。

電話口から、のり子の泣き声が聞こえてきた。

松田も、下唇を嚙んで苦しみに耐えた。

「そういうことだから」

「一美、待って」

のり子が何か言いかけたが、彼はそのまま電話を切り、その後は留守番電話に切り替わり、話をすることは無かった。

松田にとって、ミニコンサートの次に大きな仕事がまた一つ終わった。

電話を切り終えて、松田は携帯電話を握りしめた。

「のり子、ごめんな」

電話を終えたのり子は、まるで電池が切れたラジオのように、声を出すことができなかった。

しかし、のり子は悩んではいられなかったのだ。

少しずつ、海外へ行く準備もしなければならなかった。

すぐるはその頃、クーロンの店に居た。

「今回のミニコンサートは、成功だったな」

「はい。でも、何か引っ掛かります」

「何かあったか？」

「残された人は、亡くなった人の思い出と共に年をとっていきます。どんなに思っても、生き返ってはきてくれない」

「だからこそ、今回のミニコンサートは行われたのだ。亡くなった人と、残された人を繋ぐために」

「本当に、残された人と繋がれたのでしょうか？」

「そうなるように、皆で弾いていた。違うかい？」

「ええ」

「それならば、良いじゃないか」

「しかし、悲しみはいつまでも悲しみのままです。音楽で一時的に、悲しみが消えたとしても、また悲しみがきてしまったら辛いのではないでしょうか」

「後は、自分で考えてみたら良い」

クーロンは、それ以上何も言わなかった。

すぐるは店を後にした。太陽はやや傾き、太陽の沈む方向へと彼は歩いていた。

確かにミニコンサートの前は、亡くなった人と残された人を繋ぐことを考えていた。しかし、本当にこれで良かったのかと今、改めて感じていた。

決してコンサートが悪かった訳ではない。

地震が起きて、見慣れた風景が変わってしまい、そこから更に地盤を固めて新しい建物が建つ。

どんなに音楽で少しでも気持ちが明るくなれても、新しい建物は人々の心に寂しさをもたらしてしまう。

もうあの頃のような生活に戻れないという思いも出てきてしまうのだ。

大切だった人たちとの記憶まで、震災は塗り変えてしまうのだ。もちろん、戦争も同じである。

すぐるは、そんな事を考えながらいた。

しかし、そんな彼の心が一変する出来事が次の日に起きた。

派遣の仕事も落ち着き、携帯電話のニュースを何気なく見ているとそこにミニコンサートの様子が出ていた。コメントの中には、音楽で悲しさを忘れられたとか、自分たちも楽器を弾いてみたいなどと書かれていた。

これには、すぐるも驚いた。彼の思いとは裏腹に、ミニコンサートの力は残された人々と亡くなった人々をつないだ。

すぐるは、急いでクーロンの元へ行った。

「Ｈｅｌｌｏ！　どうした、すぐる？」

「携帯電話でニュースを見たのですが、凄いことになっていて」

クーロンは驚くこともなく、淡々と作業をしていた。

「良かったじゃないか」

そう言ってクーロンは微笑んだ。

「恐らく、お前さんの親父さんは音楽は人の心を明るく照らし、人と人をつなげることができると信じていたのだろう。その素晴らしさを教えたかったのだと思う」

クーロンの話を聞いたすぐるは、アパートに帰って携帯電話のニュースを改めて見た。

ミニコンサートに来ていた人々は、音楽を聞きながら亡き家族や友人を思い出したり、変わりゆく街並みの中に、当時の様子を思い出していたのだろうか。

そんなこと考えながら、彼は壁に立て掛けられたバイオリンを見た。そして、バイオリンを手に取りながら、クーロンの話を思い出していた。

「父さん」

すぐるは、バイオリンの持ち手を強く握った。

「もっと、たくさん話したかった」

そうすれば、クーロンの話がもっと理解できたはずだ。だが、それはもう叶わないのである。前を向くしかないのだ。

「父さんは、俺にバイオリンだけでなく音楽の才能も残してくれた。たくさん話せなかったけれど、この力を活かそう。父さんが出来なかった人を音楽でつなぐことをやろう。

きっと父さんも、見守っていてくれる」

すぐるは、夕飯を食べてベッドへ行った。

すみれは、買ってもらった猫用のベッドで丸くなっていた。

月日は流れて、二〇二四年一月を迎えた。

外は雪が積もり、電線にも雪がついているのが見えた。その電線に、三羽の雀が留まった。

「そういえば、あの時も雀が電線に居たな」

その雀たちが飛び去った後、すぐるも外へ出ていった。

やがて、松田やたーぼーたちと楽団員になりミニコンサートをやろうと計画している所に地震が来て、北海道がブラックアウトになった。それも全域でだ。

松田やたーぼーたちの存在が、すぐるにとって本当に心強かった。

「そうか」

すぐるは、携帯電話のニュースを見た。

そして、クーロンの店へと行った。

雪は深くて、デコボコしていた。そんな中でようやく店の前まで辿り着いた。クーロンはスコップで、雪をかいていた。

すぐるに気が付くと、彼は片手を挙げた。

「どうした？」

「あの。父の話について、考えていたら気が付いたのです」

すぐるの話に対して返事はしなかった。その代わりなのか、クーロンは言った。

「中でコーヒーを淹れよう。入っておいで」

すぐるは、彼の後ろに付いていった。

「座って待っていてくれ」

そう言って、クーロンは店の奥へ行った。

しばらくして、彼はコーヒーカップを両手に戻ってきた。

そして、すぐるに渡した。だが、クーロンは何も聞こうとしなかった。そのことが、すぐるにとって有り難いと感じた。クーロンはすぐるが、自分のペースで話し出すのを待っていたのだ。

コーヒーを一口飲み、すぐるはポツリポツリと言葉を絞り出すようにしながらゆっくりと話し始めた。

外は、綿毛のような雪が音もなく降っていた。

「俺、地震が来てどうして良いか分からなかった時、松田やたーぼーたちから連絡があって凄くホッとしました。以前にこの店で父さんの話を聞いても、いまいち分からなかった。でも、ようやくその意味がどういうことかが分かったのです」

クーロンは、返事をする代わりに微笑んでいた。

すぐるは、話し終えてすっきりしたのかまた一口コーヒーを飲んだ。

彼が話し終えたのを見て、クーロンが話し始めた。

「人それぞれ、誰かに必ず助けられている。それが、音楽であろうと炊き出しであろうとな。お前さんの場合は、音楽で人を助けたのだから、胸を張れるのではないか？」

「助けるっていう程のことはしてないです」

「助けるとは、何も救助ばかりでない。今も言ったように炊き出しもそうだ」

「そうですか」

「歌の歌詞に勇気をもらったとか、自分と同じ苦しい状況を経験している人がいたとか。そうしたことでも、人は知らない間に助けられているんだ」

そう言うと、クーロンはすぐるの肩に手を置いた。

見上げた彼の表情は、どこか春を思い起こさせる程の優しいもので、すぐるの心をホッとさせた。外は雪が音もなく降っているというのに。

その後クーロンは、店の奥に行って新聞を持ってきた。そこには、ミニコンサートの様子が書かれていた。

すぐるは、新聞に穴があく程じっくりとその記事を読んでいた。

するとクーロンが話し出した。

「北海道の地震が、比較的早く復興を迎えたのはどうしてか分かるか？」

「東日本大震災のことを、教訓にしたからですか？」

「それもあるが、道路がどこか寸断されても別なルートが確保できたからだ」

「なるほど」

記事を読み進めるうちに、すぐるは災害関連死という文字を見つけた。

「あの、ここに災害関連死と書かれていますよね？」

すぐるは、記事を指で示した。

「年齢的に高くなると、環境の変化に対応できず疲れや精神的ストレスで亡くなる人も出てくる。だから、死者が増えてくるのだ」

「そうなんですね」

「親もそうだが、こうして口うるさくアドバイスをしてくれる人が、今は側に居てくれてもいつまでも側には居てくれない。やがてはその人も亡くなってしまう。その人たちから教えられたことをもとに、自分で考えていかないとならない。自分の人生だからな。そして、自分を助けてくれた人のことは大切にする。もし、困っていたら助けてあげることだ。ただし、何でもではなく自分ができる範囲でだ」

その話をした時、松田が自分の親にバイオリンを弾いていた話を思い出した。

すぐるの納得した表情を見たクーロンは、目を細めてどこか安心したような笑顔を見せた。

外は日が暮れて、日が傾き始めた。夕日が真っ白だった雪のカーペットを、オレンジ色に染めていた。

「さて、もう少し店の前の雪をかいてこようか」

「俺、手伝います」

「出来るのか？」

「一人より二人の方が早く終わるので」

「分かった。腰を痛めるなよ」

「はい」

二人は、雪をかこうと外へ出た。

外へ出た二人は、その光景に目を見開き声にならない声を出した。

「オレンジ色のカーペットみたいだ」

そう言うすぐるの横で、クーロンが言った。

「なあ。コスモスの花を知っているか？」

「はい。ピンクの花ですよね」

「あぁ。だが、オレンジ色もある」

「へぇ。その花がどうしたのですか？」

「厚真町の住人の一人が、いつも大切に育てていた。その花が地震で引っ繰り返ったトラックの下で、静かに咲いていたようだ」

「たくさんあったのですか？」

「いいや。わずかに残っていたようだ。わずかでも、こうして咲いているだけで人々の心を明るくしてくれる。そう思わないか？」

すぐるは、黙って頷いた。

「さて、そろそろ雪かきをしないと。お客が入って来られない」

「そうですね」

夕日が二人を優しく照らしていた。

「でも、どうしてコスモスの花なんか」

「花なんかではなくて、花もまた人々の心を明るくしてくれる。何かを語ることはなくとも。人とは、また違った力を持っている。夕日に照らされた雪の路面を見て思い出したのさ」

「花か」

「さあ、もうそろそろ終わりにしよう」

二人は、スコップを店の脇に置いた。

「さて、一緒にまた夕食を食べよう」

「いえいえ」

「一人で食べるよりも良いだろう」

クーロンの強引さで、すぐるは一緒に夕食を食べた。

今回は、すぐるも一緒に作った。肉じゃがだった。

「じゃがいも、皮をむきすぎましたね」

「Practice makes perfect」

「え？」

「習うより慣れろということだ」

「そういえば、料理は誰に教えてもらったのですか？」

「近所の人たちからだ。その後は、何度も自分でやってみた。そうして体に染み込ませたのだ。楽器の修理は、刑務所の物作りのやり方を応用してみた」

「そうなんですね」

「それはそうと、一つ聞かせたい話があるんだ」

「何ですか？」

「心温まる話で、バスドライバーさんと子ども連れの母親の話だ。食べながら話そう」

「聞きたいです」

「たまたま、バスで出かけることがあったんだが、途中のバス停で一組の親子が降りた。子どもは三歳くらいだったな。母親に手を引かれてバスを降りると、子どもはドライバーに手を振った。ドライバーは、手を振り返して、車体に付いているマイクで言ったんだ。〝また乗ってね〟と」

すぐるは、食べる手を止めて話に聞き入っていた。

クーロンは続けた。

「今の世の中に、小さいながらもこうした出来事は一体どれ程あるだろうか。人のものを奪い、人を殺し、憎しみ、悲しみの方が多いと感じるが、お前さんはどう思う？　どう感じる？」

　すぐるは、答えを見つけようと必死になった。

「確かに、東北の地震の後で原発で泣く泣く地元を離れて、違う地域に移り住んだものの周りから汚染されているからと、非難されたり、食材も売ってもらえなかった人たちが居ます」

「そうだ。だから、バスのドライバーさんと子どものやり取りは、本当に心が温まる出来事だった。だから、こうした出来事が増える世の中にしていく必要がある。それから、人は、自分が恵まれていることに気が付いて感謝している人もいるが、大半は恵まれていることに気が付かず相手や物事に文句を言う。そのバスドライバーさんと子どものやり取りを見て、心が洗われたよ」

「子どもは、純粋なんですね」

「Ｔｈａｔ’ｓ ｒｉｇｈｔ！　成長する中で出会う人々の影響を少しずつ受ける。その中で自分が必要となる情報を自分で探す。時には専門家の意見も参考にして。俺もそうだしすぐる、お前さんも周りの影響を受けている。仕事へ行って、そこで出会った人とのやり取りで成長していっているじゃないか」

「そうですね」

「人が人を思いやろうということは、簡単そうで難しい」

「確かに、つい自分が何でもできると思ってしまう」

クーロンは黙って頷いた。

「有り難うございます」

すぐるは言った。

「大したことは言ってない」

「いいえ。俺が刑務所から出た後で、あなたとのつながりや松田たちとのつながりで、育ててもらったからです」

「震災で家族や友人が悲しい、辛い別れをしてしまったことは言葉で言い表せないものがある。しかし、その人との出会いがあったからこそ、たくさんの思い出が作れたのだ」

「そうですよね。最初は、知らない人だった相手と恋をしてやがて家族という絆ができていく」

「人の輪というものだ」

「なるほど」

「失ったものは、どうやっても取り戻せない。だが、これから先はいくらでも形作ることができる」

「そうですね。前を向いていかないと」

「復興は、町の復興だけが復興ではない」

「え？」

「町がどんなに新しく形作られても、人の心はすぐにどうにかならない。時間と共に少しずつ折り合いをつけていく」

「心の傷が深いと、すぐに切り替えは難しいですよね」

その後、しばらく二人は何も言わず食べ続けた。

外の雪は、すっかり止んでいた。空には金星と月が静かに座って、人通りの減った町を照らしていた。

「ごちそう様でした」

二人は手を合わせた。

「俺、片付けて帰ります」

「大丈夫だ」

「いいえ。食べさせてもらったので」

「悪いな」

片付けを終えると、すぐるは帰った。

部屋に着き、ベッドに入りながら心の復興について考えていた。

すると、これまでの松田たちとの出会いからミニコンサートまでの思い出を走馬灯のように思い出した。

「心の復興か」

新しく生まれ変わる町の風景は、確かに新鮮だろう。しかし、残された遺族にとっては必ずしも良い風景だと言い切ることは難しいはずである。愛着のあった、当たり前に見ていた風景である。そして、いつものようにやり取りしていた人との突然の別れで、心に傷を負ってしまった。

すぐるは、クーロンとの夕食で東日本大震災の時、町は復興しても人々の心までは復興することが難しいことが、ニュースになっていたことを聞いた。

そして、いつかのミニコンサートで目に涙を浮かべていた人々がいた。

「彼らは、音楽を通じて亡き家族や友人たちのことを変わりゆく町並みの中で思い、悲しみの中でわずかな希望を持とうとしていたのだろう。心の復興と町の復興を願いながら」

翌朝、部屋で携帯電話を見ながらすぐるは考えた。

「松田やたーぼーは、どうやって心の復興に行き着いたのだろう」

松田に電話した。

「どうした？」

「松田は、心の復興についてどう思う？　どの様にして心の復興につなげた？」

「俺はまだ、心の復興に至ってない。でもいつかはそうなりたいと思う。それが、いつになるかは分からない」

「そうか」

すぐるの質問の意図が、いまいち見えない松田は聞きかえした。

「何かあったのか？」

「東日本大震災の後で、町と心の復興についてニュースになっただろう？　楽器店で聞いたから」

「そうだ、そうだ。確かにニュースで出ていた。俺もお袋も親父だって、弟の死は乗り越えられないな。そうこうしていたら、町の風景は少しずつ変わっていった」

「それじゃあ、心の復興が町の復興に追いついていないじゃないか」

「そうだ。俺たちだけでない。たーぼーだってそうだし、災害を受けた人たちは皆同じ思いをしている」

「何てこった」

すぐるは唇をかんだ。

「お前はまだ若いから分からないことも多いが、俺や俺らの親の年代は、これまで何人もの人々が自然災害や戦争で亡くなったのを見てきている。その度に、心に傷を負い町並みが大きく変わっていった」

松田の話にショックを受け、すぐるは言葉が出てこなくなっていた。

「改めて口には出さなくても、皆それぞれ心に傷がある。生きていたら、死んでしまいたいとか、崩壊寸前だとか言うことがあるだろ。けれども、そうした言葉を言えない程、生死の間を彷徨う経験をすることがある。それでも、周りと協力しながらも人は前を向いて生きていこうとする。時間はＤＶＤのように巻き戻せないし、憎んでも亡くなった人は生き返ってはくれない」

「そうだよな」

「分かってはいても、もっとあの時に何かが出来たのではないか。どうしてあの時に、自分が側に居れなかったのかと考えてしまう」

「心の復興って、難しいな」

「あぁ。簡単ではない」

「悪かったな、松田。嫌な思いさせて」

「何もだ」

電話を切ってから、すぐるはベッドに横になり天井を見上げた。

すぐるは、改めて自分がどれだけ恵まれているかということに気が付いた。

それから二週間経って、たーぼーと電話で話した。

「すぐるか？　久し振りだな。どうした？」

「松田とも話したんだけれど、心の復興はどうやったんだ？」

「俺も、まだ完全に立ち直ったとはいえないな」

「そうか」

「町の復興だとか、心の復興だとか政府は言うけれど、本当に分かってるのかと思う」

「あぁ」

「実際に、自分たちの住む地域で原子力発電の放射性物質が広まったら、どのようになるか、考えてみて欲しいよ」

「時間が過ぎ去るのは、恐ろしいくらい早いな。心の復興は置いてきぼりだ」

すぐるは、ぽつりと言った。

「そうなんだよ」

たーぼーは、複雑な声で言った。続けて彼は言った。

「俺たちは、まだ少しずつ新しい町並みに慣れていくだろうけれど、俺より上の年代になると慣れ親しんだ町が変わっていくことは、耐え難いことだと思うな。その場所その場所での人々とのやり取りも、建物を通じて思い出す。でも、風景が変わればそれも出来なくなる。こんな辛いことはないだろうな」

「なるほどな」

電話を切ると、すぐるは部屋のレースのカーテンを開けて空を見上げた。雪が無音で次々と降り、雪の布団を作っていた。

災害で心に傷を負った人々には、この雪がどの様に見えているのだろうか。人々の心の傷を治す雪なのか、思い出を消してしまう雪なのか。

空の広さは、地震の有る無しに関係なく変わらない。その一方で建物や風景は、あっけない程に変わってしまう。そして、年月は容赦なく過ぎ去っていく。更に、生きるために働かなくてはならないが、仕事探しをするにも言葉による差別や偏見で、すぐに仕事が見つからない。子どもは、学校でいじめに直面する。

東日本大震災では、こうした心の傷をも負っている。

二人との電話で、心の復興がとてつもなく難しいことを知り、クーロンの店へと向かっていった。

時間は、午後一時を過ぎていた。

「どうした？」

ストーブ一台だけの店は、少し寒く感じた。しかし、楽器を傷めてしまうため、あまり室内は暖かくない方が良いのだ。店の角には何台か加湿器もあった。

「東日本大震災と今回の北海道での地震を比べてみると、原子力の事故の有り無しでこんなにも違うと感じました」

「That's right．それ程、原子力発電の力は偉大である一方、とても恐ろしいものでもある。だから、海に近い所に原子力のタンクが立っている」

「え？」

「少し待っていてくれ」

クーロンは店の外へと出た。

しばらくして彼は雪を着てきたように、真っ白になって戻ってきた。

「今、雪降っていましたか？　窓が曇っていて、分からなかったです」

「あぁ。降っていた」

「来る時は降っていなかったのに」

すると、クーロンは手に何か紙を持っていた。地図だ。

「北海道全域と、各地域の地図だ」

カウンターテーブルに地図を広げて、二人は眺めていた。

「泊原発はだいたいこの辺だ。その拡大地図はこれだ」

クーロンは、大よその位置に赤いペンで丸をつけた。

「少し分かり難いが、海に近いだろう？」

「うーん」

すぐるは、顔をしかめて地図を見た。

「本当ですね。海の側です」

「そうだろう？　それだけ危険なのだ。しかし一方で、その原子力発電のおかげで、店の照明や家の電気が使えることも確かだ」

「なるほど」

「しかし、東日本大震災があって一度は全国の原子力も稼働を止めたり、止めるかどうするかでもめたりした。ロシアのチェルノブイリ原子力発電所での事故のことも、東日本大震災の後で取り上げられてな。再稼働するのは反対だと、稼働を本気で止めた地域もあったが、日が経つごとにその気持ちも薄れてしまい再稼働し始めた」

「どうして再稼働をしたのですか？」

「皆、生活のためだ」

「原子力以外で、電気は作れないのですか？　危険じゃない方法はないのですか？」

「そうなんだ。そこで、科学の専門家たちが火力発電、水力発電、風力発電で電気を作れないかと考えているんだ」

「そんなに、色々な方法があるんですね」

「だが、原子力発電で生計を立てている人も未だに居ることも分かっている」

すぐるは、腕を組んでうつむいた。

「ところでな、すぐる」

「何ですか？」

「泊原発周辺の道路なのだが、一本しか無いようだ」

「というと？」

「万が一、津波で泊原発が被害にあうと逃げ道が無く被曝してしまうんだ」

すぐるは、一瞬にして言葉を失った。他に言葉は無くなった。

クーロンも、すぐには話さなかった。

少しして、クーロンはまた話し出した。

「他人事ではないんだ。いつ俺たちも東北や旧ソ連のチェルノブイリの事故のようになるか分からない」

すぐるは頷くので精一杯だった。

クーロンは地図をたたんだ。

クーロンは続けて言った。

「チェルノブイリ原発事故について話すと、妊婦さんが放射性物質を吸い込むと、親子共に被曝してしまう。すると、生まれてくる子どもは奇形児になることが多い」

「奇形児って何ですか？」

「頭の一部が凹んだり、顔が歪んだり、手足が上手く育たないまま生まれてくる。とてもじゃないが、何と表現して良いか分からないくらい悲惨な状態だ」

「そ、そんな」

と言ったまま、すぐるは次の言葉が出てこなかった。

クーロンは、つらそうな表情をしながらも続けた。

「そうしたこともあるからか、東日本大震災の後で農家や漁業関係者は作ったものを売ることに苦労したんだ」

「どうしてですか？」

「放射性物質のついた食べ物は、食べられない。食べたら被曝するなどといった言葉が出ていたからだ」

「そんな。ひどい話だ」

「だから他人事ではない。北海道内にだって野菜や肉がたくさんある。泊原発に何かあれば道外の人や海外の人も、食品を買ってくれなくなる」

「確かにそうですね。でも、原発によって生活が成り立っている人にとっては、これが無くなることで、生活出来なくなってしまう。

生きていけなくなるということですか？」

「そうだ。しかし、泊原発を稼働させるためには無条件で出来る訳ではない」

「どういうことですか？」

「地面が、地震に耐えられる状態なのかどうかを調査して、問題がなければという条件をクリアして稼働が出来る」

「そうなんですね」

「調査の費用もかなり必要になってくる。そうしたリスクを背負って、自分たちの生活を守るか、安全性を重視して他の方法を選ぼうとするか」

「そうなりますね」

「すぐる。お前さんなら、どちらを選ぶ？」

「え？　あ、あの。えーと」

すぐるの目が右へ左へと、忙しく動いた。

「そんなこと、すぐに決められないですよ」

「そうだよな」

「いくら安全ではないからといって、今までのやり方を急には変えられないです」

「まあ、そういうことだ」

クーロンはまた、地図を持って店の外へと行った。

クーロンが戻るのを待って、すぐるは店を後にした。

クーロンとのやり取りに、すぐるはショックを隠しきれなかった。

自分がもし、相手の立場になって非難されたらどう思うだろう。同じように深く傷付くだろう。

いつだったか、ミニコンサートで今井が言っていた言葉が頭の中に浮かんできた。

〝原子力発電の被害は無かったものの、人々が亡くなったことには変わりない〟

そうして、すぐるはアパートの自分の部屋へ行った。

すみれにご飯をあげながら、何気に彼女の姿を見ていた。

「こうして、普通の生活ができることは決して当たり前ではないんだ」

そして、すぐるはご飯を食べてシャワーを浴びた。

「さて、寝るか。ベッドに寝られるし雨や風にも当たらない。もし、住む場所が無くなったらどうしていただろう」

想像がつかなかった。それ程、今の生活は本当に豊かだった。快適だった。

すぐるは、ゆっくりと目を閉じた。

翌朝、彼はふと前日のクーロンとのやり取りを、振り返った。

「今、この時に地震が来て泊原子力発電所が津波で破壊されたら、逃げる前に被曝してしまう。何とか逃げられたとしても放射性物質が北海道全域を覆ったら、道外に行くことになる。東北から逃げてきた人たちのように、なってしまう」

すぐるは、身震いした。

東日本大震災から十三年となる今もまだ、帰還困難者はかなりいる。彼らは、地元に戻りたい思いを必死に堪えながらも避難した地域で生活している。この気持ちは、当人たちにしか分からない。

すみれは、彼の思いに気付いているのか横に来て、お腹を見せた。

そんなすみれの姿を見ると、彼女の存在が愛しく思えた。

そして、すぐるは壁に立て掛けてあるバイオリンに目をやった。

もう少ししたら、作田と藤山が海外へと行ってしまうのだ。次にいつ会えるか分からないなら、せめて何かしたいと彼は考えた。

犬や猫のように、音楽もまたホッとできる存在として彼女たちにエールを送りたかったのだ。

「よし。明日にでも松田やたーぼーに電話してみよう」

すぐるは、いつの間にか相手を思いやる気持ちが芽生えてきた。

翌朝、すぐるは松田に電話した。

「どうした?」

「突然なんだけれど、協力してほしいことがあるんだ」

「待て。また北海道に来いとか言うなよ。飛行機代、いくらかかると思ってる? 往復でもはんぱじゃないんだからな」

松田の勢いのある言い方に、すぐるもたじたじだった。

「そ、そういうことではないんだ」

「それなら聞くけれど、何を協力したら良いんだ？」

「作田と藤山が、日本を離れるだろう？　その前に思い出を作れたらと思って」

「すぐる、俺はその話はパスする」

「何でだ？」

「とにかくだ」

「藤山と何かあったのか？」

「何でもない」

そうして松田は、そのまま電話を切った。

しばらく、すぐるは携帯電話を持ったまま床に座っていた。

松田は、のり子との連絡を取っていなかった。別に嫌いになった訳ではない。彼は話が下手で、いざという時に言葉が出てこない時がある。

彼は、周りに藤山のり子と付き合うことでひやかされることが恥ずかしいのだ。

たーぼーやすぐる達だけでなく他の楽団員も何となく気付いていることが分かったのである。

たーぼーや作田とき子は知っていた。すぐるは、たーぼーに噛みついた。

「何で松田は、俺に言ってくれなかったんだよ」

「俺だって、聞いたのは二、三日前だ。それまでは俺も知らなかった」

「でもよ。一言くらい言ってくれよな」

「あいつの気持ちも汲み取ってやれよ。色んな人が居るからさ。でも男なら、周りに気付かれると、やっぱり恥ずかしいものだ」

「でも、俺らの前では普通だったのに。そうだろう?」

「あくまで、俺らの間だからだ。お前も彼女が出来たら分かるようになる」

「い、居るよ」

「おぉ。何だ知らなかった」

「当たり前だ」

「で、どんな人?」

「い、言いたくない」

「ほほう。なるほどな」

たーぼーは、苦笑いしながら言った。

「とにかく、作田と藤山が海外へ行く前に何か出来ないかと考えているんだ」

電話なので見えないが、すぐるの顔は恥ずかしくて赤くなっていた。

「あぁ。それは良いと思う。でも、何をするんだ?」

「一人一人が、何かしらの楽器を弾いている姿を映像として撮る。DVDとかにして二人に渡すのはどうかな?」

「なるほど。良いんじゃないか?」

「たーぼーも松田も、北海道まで来られなくても映像が撮れるなら問題ないと思う」

「うーん。すぐるの言いたいことは分かる。まずは、松田に話してみるからお前から直接松田に伝えるのは待っていてくれ。それで良いか？」

「分かった。頼むな」

すぐるは電話を切った。たーぼーと話をしたからか、先程よりは冷静になった。

「頼む、たーぼー。松田に上手く話をしてくれ」

すぐるは祈った。


それから二週間経った、ある日曜日の夕方にすぐるの携帯電話が鳴った。たーぼーからではなく松田だった。

「もしもし」

「すぐるか？　この前は悪かったな」

「いや。俺の方こそ、土足でずかずか踏み込んで」

「たーぼーから色々と聞いた。内輪だけで演奏するんだろう？」

「あぁ。その映像を二人に贈るのはどうかと思って」

「分かった。俺の所には、機械が揃ってないからたーぼーとの合作になるけれど、大丈夫か？　お前の計画から外れるけれど」

「あぁ。それでも構わない」

「曲は決まっているのか？」

「まだ決めてない」

「はぁ？」

すぐるの言葉に、松田は電話の向こうで引っくり返りそうになった。

「お前、練習だって何日間か必要なのはミニコンサートで分かっているだろう？　今回は映像の編集だってある。何日かかると思っているんだ」

松田の呆れていることが、声だけでも充分伝わってきた。

「悪い」

「ところで、お前は編集は出来るのか？」

「楽器店に言ってみるよ」

「そうか。そういえば、どうしてこんな贈りものとか考えたんだ？」

「楽器店で、東日本大震災とか今回の震災の記事を読んでいて、自分の生活が決して当たり前じゃないことを感じたんだ。それと、飼っている猫と過ごす中で凄くホッとできたんだ。だから、彼女たちが海外へ行ってもこの映像を見て楽しかった時を思い出してくれたらと思ったんだ」

松田は、すぐに言葉を発しなかった。

「ま、松田？　どうした？　また、俺は何か変なこと言ったか？」

「いや、違うんだ」

「それじゃあ何だ？」

「すぐる。成長したな、お前」

「は？」

「成長していると言ったんだ」

「そうか？」

「あぁ。覚えているか？」

「何をだ？」

「東日本大震災で福島第一原発の事故の話をした時に、北海道の地震はまだ程度が軽いと言ったお前を、俺が殴っただろう」

「確かにな。痛かった。でも、そんな昔のこといつまでも覚えていても何の役にも立たないだろう」

「そうだ。でも、その時のお前から今日まで少しずつ成長している。相手を思いやれる気持ちを持てるようになった」

「よせよ。鳥肌が立つから」

「まあ、とにかくどんな曲を皆で弾くか俺らで考えてみる。そして、決まったら連絡するから」

「あぁ。分かった」

電話を終えて、夕食を食べた。

「明日、クーロンに相談してみよう」

彼はベッドに入った。

翌朝、すぐるはクーロンの店へと行った。

「Ｇｏｏｄ ｍｏｒｎｉｎｇ！　どうした、こんな朝早くに」

「お願いしたいのです」

「何があった？」

「映像の編集を手伝って欲しいのです」

「どういうことだ？　ミニコンサートは終わったはずだが」

「実は、ミニコンサートのメンバーで作田とき子と藤山のり子という女性がいたのは、分かりますか？」

「あぁ」

「二人が、親の都合で海外へ行ってしまうんです」

「いつ？」

「確か三月くらいだったと思います」

「今は一月か」

クーロンは、作業の手を止めて腕組みをした。

「他のメンバーは、北海道に来るのか？」

「いえ。それぞれで映像を編集して、出来上がったものを俺に送ってくるので、それを俺が二人に渡すことになる予定です」

「それで？」

「俺は、編集の機械はないのでお願いに来たのです。どうでしょうか？」

クーロンは微笑んだ。

「いいだろう。どんな曲を弾くのか決まっているのか？」

「松田から連絡が来るので、その時に伝えられます。今日は、そのお願いで来ました」

「そうか」

「それじゃあ、俺はこれで」

すぐるが店を出るのを、彼は止めた。

「なぁ。少しコーヒーを飲んでからにしたらどうだ？」

「え？　はい。それなら」

すぐるは、何故クーロンが引き止めたのか分からなかった。

コーヒーを飲みながら、映像編集までのいきさつを、すぐるは話した。

クーロンは、黙ったまま頷いた。そして時折、目を細めては嬉しそうに微笑んでいた。

「やはり、メンバーもお前さんの成長には気が付いていたんだな」

「え？」

「前にも言ったように、登別に仕事へ行ってそこで出会った人たちとのやり取りと、経験で少しずつ成長していっているんだ」

「そうでしょうか？」

「人は、辛い思いや経験をすることで、相手に気付かせられる発言や行動が取れるようになる。すると、周りもその人の後ろ姿を見て真似をしようと動く」

「なるほど」

「お前さんは、札幌から登別へとほんの少し足をのばし、違う地域で色々な人との出会いと経験から視野が広がっただろう。一つの所に居ることが悪いとは言えない。だが、一つの所に長く居ると視野が狭くなる。そういう意味でもお前さんは成長しているんだ。自信を持っても良い」

「はい。有り難うございます」

「さて、話はこれで終わりだ。弾く曲が決まったら、教えてくれよ」

「はい」

すぐるは店を出た。足取りが軽かった。

二日後の昼に、すぐるの携帯が鳴った。松田からだった。

「お前が弾けそうな曲が決まったんだが、楽器店の方はどうだ？」

「手伝ってくれることになった」

「そうか。良かったな」

「あぁ。それで、俺の曲は何だ？」

「きらきら星だ」

「はぁ？」

すぐるの口は、開いたままだった。

「何だ？　知らないのか？」

「知っているよ。でも、何でそれを俺が弾くんだよ」

面白くない彼の声に松田が言った。

「あのなぁ。単純な曲ほど、難しいものはないんだ」

「そういう二人は、何を弾くんだ？」

「Ｋｉｒｏの未来へだ」

「はぁ？　意味が分からねぇ。何でお前らだけそんなに、格好良い曲にしたんだよ」

「やっぱりな。言うと思ったんだ。でも、これは、俺とたーぼーからお前へのプレゼントでもある」

「プレゼント？」

「きらきら星にしたのは、どこにいても俺ら五人は、いつもつながっているということを忘れないようにということ。そして、俺とたーぼーがＫｉｒｏの未来へを選んだのはのり子がこの先、もっと幸せになってほしい。俺じゃなく、他の人との幸せを考えてのことだ」

「松田。お前は、それで良いのか？」

「たーぼーにも言われたが、それで良いんだよ」

「後悔や未練はないのか？」

「あぁ」

しかし、本当は松田の中に未練はあった。それでも、そう決断したのだ。

「そうか。分かった」

すぐるは、松田の思いを汲み取りそれ以上は言わなかった。

「そういうことだから、練習を頑張れよ。編集したＤＶＤは、お前に送るから責任持って二人に渡せよ」

「あぁ、分かったよ」

電話を切った後で、松田は唇を嚙んだ。

それから、それぞれの練習が始まった。すぐる、松田、たーぼーの思いを乗せて。

彼らの様子など作田とき子も藤山のり子も知るよしもなく、アルバイトの合間に海外へと行く準備をしていた。

荷作りをしながら、のり子はミニコンサートの時に撮った写真を懐かしそうに見ていた。

「もう、皆と会えないのね。寂しいな」

一方のとき子もまた、自分の部屋で横になりながら写真を眺めていた。

二人共、海外へ行くことが嫌であるということではなかった。しかし、このミニコンサートの時間が本当に楽しくて、思い出深いものだった。

そんな時に、日本を離れることは寂しいのだ。

もちろん、すぐるたちも彼女たちと同じで別れは本当に寂しい。

音楽を通じて出来上がった人と人とのつながりは、とても強いものがあった。

「やっと出来たな。お疲れさん」

松田とたーぼーだった。

二月の下旬にさしかかっていた。二人とも仕事や病院の合間で作業していた。目の下にはクマも出て、かなり疲れていた。

「松田、体調はどうだ？　かなり、響いているんじゃないか？」

「少しな。でも大丈夫だ」

「そうか？　お前、途中で目に注射しに行っていたからな。悪かったな、そんなに体調が悪いのに。無理させたよな」

「大したことない。のり子に出来ることはこれくらいだから。それより、こっちこそ無理言ってすまない。機械が無いから、お前に全部作業をお願いしたから」

「気にするな。お互い様だろう」

一方のすぐるも、クーロンの力を借りて何とか作業を進めていた。

二月の最後の日の朝を迎えた。

すぐるのアパートに、松田たちのＤＶＤが届いた。

すぐるは二人に連絡を取り、田西川小学校の近くで十一時に会うことになった。

「小林君、待った？　用事と言っていたけれど何かあった？」

とき子が言った。

「これ、俺と松田たちから」

すぐるは紙袋を手渡した。

二人は不思議そうに中身を出した。

「海外でも頑張れよ」

彼の言葉に二人は泣かずにいられなかった。二人の様子にすぐるはホッとした。

すぐると松田、たーぼーからのＤＶＤをもらい、作田とき子と藤山のり子はそれぞれフランスとドイツへと行った。

それぞれが自分たちの道を歩み始めていた。ミニコンサートが終わってから五か月経っていた。


すぐるは、楽団仲間との別れだけでなく猫のすみれとも悲しい別れがあった。

すみれは、彼が登別から戻りクーロンの所から連れて帰った。クーロンの元に居た時、すみれは少し食欲が減ったとのことだった。

その後、また食欲は戻ったもののやはり食べる量が減ってしまった。急いでクーロンの所へ行き、動物病院へ行った。年齢はだいたい十一歳くらいで人間でいうと七十歳くらいにはなっていたのだ。内臓に異常はなく恐らく年齢的に色々とあっても、おかしくはないとのことだった。

それから一か月くらいたった、二〇二四年五月の中旬、すみれはすぐるの腕の中で静かに眠るように死んでいった。

すぐるは一晩中、泣いていた。すみれの亡き骸を抱きしめて。

翌朝、クーロンの所へ行き店から見えない彼の所有地に埋めてやった。

「すみれは、俺に生きる目的をくれた。バイオリンもそうだし、すみれといると寂しさを忘れてしまうことができた。家族が居るってこんなにも嬉しいことだと教えてくれた」

「老衰で亡くなるのも悲しいけれど、自然災害では、違う意味で悲しい」

「違う意味で？」

「あっという間、ついさっきまで一緒に同じ時間を過ごしていた人が突然いなくなって二度と会えなくなる。同じ時間を過ごせなくなる。時間を憎んでも自然を憎んでも、亡くなった人は帰ってこない」

クーロンの話を、すぐるは黙って聞いていた。

アパートに戻り、改めて登別での仕事について考えてみた。

そして、二週間後に彼は正社員として働きたいと派遣会社を通じてホテルに連絡を入れた。

それから、あっという間に契約を結び登別へ行く準備が始まった。

住むのは社員寮だった。ＮＰＯの岩田にも連絡を入れると、それから三日後にすぐるのアパートへ来た。

「正式な契約、おめでとうございます。本当に良かったですね」

「有り難うございます」

「もう、二度と犯罪の世界に入ってはなりませんよ」

「はい。岩田さんや楽器店の店主、楽団仲間がいてくれたからです」

岩田とのやり取りから二か月後の、八月下旬、すぐるは登別へとやってきた。

ホテルの事務所へ行き、改めて正規社員としての契約書を渡され、寮へと行った。

荷物を片付けていると、窓の外から飛行機の音が聞こえてきた。

すぐるは、窓を開けて空を眺めたが姿や形は見えてこなかった。

しかし、その音を聞きながら彼は目を細めた。

部屋の机には写真立てに入った、最後のミニコンサートの写真が飾られていた。そして
机の近くには、ミニコンサートで使っていたバイオリンが立てかけてあった。

すみれは、父の生まれ変わりだったのか。それは誰にも、すぐるにも分からない。しか
し、すみれがバイオリンの所まで走っていかなければ、バイオリンとの出会いも楽団メン
バーとの出会いもなかったことだろう。

そう考えると、すみれは父の生まれ変わりなのかもしれない。

彼らや登別の仕事場での出会いは、すぐるを大きく成長させていった。

エピローグ

未だに解決の糸口が見えない、東日本大震災・熊本地震・胆振東部地震といった自然災害。

政府は、放射能で汚染された土を、平気でその辺に放置する。政府にとって震災は過去のものとなりつつある。

自然災害は確かに恐ろしい。それで本当に良いのであろうか。

しかし、それをはるかに超えるほどの恐ろしいものは人間である。

果たして気が付いているだろうか。人間というやさしさと凶悪な面を持ち合わせた動物が生まれてから、地球が滅んでいっていることに。

著者プロフィール

ファニー

北海道在住。
現在、外国語を勉強していて英語、ロシア語、ドイツ語、フランス語、ウクライナ語を勉強しています。
その他に、経営コンサルタントの資格の勉強をしています。
趣味は寝ることです。
著書
『積み団子社会』（2015年、文芸社）
『積み団子社会Ⅱ Where is おもてなし？編』（2017年、文芸社）
『積み団子社会Ⅲ 介護編』（2021年、文芸社）

星空のコンサート

2025年2月15日　初版第1刷発行

著　者　ファニー
発行者　瓜谷 綱延
発行所　株式会社文芸社
〒160-0022　東京都新宿区新宿1－10－1
電話　03-5369-3060（代表）
03-5369-2299（販売）

印　刷　株式会社文芸社
製本所　株式会社MOTOMURA

ISBN978-4-286-25779-2